FISCHER

Stan ist deutscher Content Creator und Streamer und veröffentlicht seit 2015 auf seinem YouTube-Kanal »StanPlay« Videos zu Fortnite, Battle Royale und Mobile Games. Seine Community feiert ihn für seine sympathische und lustige Art. Am allerliebsten spielt er Fortnite und steht mit seinen Zuschauern auf diversen Online-Plattformen im direkten Austausch.

Kerstin Carlstedt hat als Journalistin, TV-Autorin, Online-Redakteurin und Video-Journalistin gearbeitet. Sie realisierte Beiträge fürs Kinderradio beim Hessischen Rundfunk und schrieb Drehbücher für Kurzfilme. Seit 2016 lebt sie mit ihrem Mann und zwei Fortnite-spielenden Söhnen in Liverpool.

Weitere Informationen finden Sie unter
www.fischerverlage.de

Kerstin Carlstedt

StanPlay

DIE VERLORENEN VON CREEPY CASTLE

Mit Illustrationen von Timo Grubing

FISCHER

Aus Verantwortung für die Umwelt hat sich der Fischer Kinder- und Jugendbuch Verlag zu einer nachhaltigen Buchproduktion verpflichtet. Der bewusste Umgang mit unseren Ressourcen, der Schutz unseres Klimas und der Natur gehören zu unseren obersten Unternehmenszielen.
Gemeinsam mit unseren Partnern und Lieferanten setzen wir uns für eine klimaneutrale Buchproduktion ein, die den Erwerb von Klimazertifikaten zur Kompensation des CO_2-Ausstoßes einschließt.
Weitere Informationen finden Sie unter: www.klimaneutralerverlag.de

FSC www.fsc.org
MIX
Papier aus verantwortungsvollen Quellen
FSC® C083411

Originalausgabe
Erschienen bei FISCHER New Media
Frankfurt am Main, März 2021

Cover- und Innenillustrationen: Timo Grubing
Umschlaggestaltung von Norbert Blommel, MT-Vreden, unter Verwendung einer Illustration von Timo Grubing und einem Foto von © Jake Fabricius
Lektorat: Heide Franck

Satz: Dörlemann Satz, Lemförde
Druck und Bindung: CPI books GmbH, Leck
Printed in Germany
ISBN 978-3-7335-5006-6

EINS

Habe ich euch schon mal von meinen Neffen erzählt? Ich glaube nicht! Ich bin sehr stolz auf Lenny, Levi und Harry. Mit meinen Neffen hätte Donald Duck seine Pechsträhne wahrscheinlich überwinden können. Nichts gegen Tick, Trick und Track. Die finde ich auch überragend, aber mit meinen Neffen können sie nicht mithalten.

Der Älteste, Lenny, der Sohn meines großen Bruders Greg, ist vierzehn und ein Fortnite-Gott. Wenn ich jemanden nennen sollte, der in der Liga der Fortnite-Giganten mitspielen könnte, würde ich sofort an Lenny denken. Lenny ist ein Swaggernaut, immer gut drauf und lässig. Optisch erinnert er mich tatsächlich ein bisschen an Bugha, den Champ, der das Fortnite-WM-Solo gewonnen hat. Auch Lenny ist groß und schlank mit dunklen Wuschelhaaren und einem freundlichen, klugen Gesicht. Er trägt immer eine Baseballkappe, um seine Haare zu bändigen. Sonst würde er aussehen wie ein aufgeplatztes Sofakissen.

Die anderen beiden, Levi und Harry, sind Zwillinge, allerdings zweieiig. Sie sehen sich ähnlich, jedoch nicht ähnlicher als andere Brüder. Levi ist groß für sein Alter und ziemlich dünn. Harry ist eher klein und noch dünner als dünn, quasi dünn-dünn. Sie sind zwölf Jahre alt. Harry allerdings könnte auch für zehn durchgehen. Sie haben die gleichen dunklen Wuschelhaare wie Lenny, bloß kürzer. Ihre Gesichter sind noch kindlich. Harry trägt eine schwarze

Brille, die der meinen nicht unähnlich ist. Nun ja, was man eben heute so im Gesicht hat. Sie tragen die unvermeidlichen Hoodies, Jeans, Chucks – sogar im Winter, na klar. Viel denken wir Gamer nicht über Klamotten nach. Charakterlich sind die Zwillinge so unterschiedlich, wie Brüder nur sein können. Levi ist selbstbewusst und aufbrausend, Harry hingegen ist sensibel und nachdenklich. Zusammen ergänzen sie sich gut. Nicht nur bei Fortnite, auch im richtigen Leben. Wobei ich denke, wenn sie das über sich lesen würden, wären sie anderer Meinung. Dann würden sie sagen: »Ich hasse Levi/Harry.« Manchmal stimmt das auch, aber die meiste Zeit verstehen sie sich echt gut.

Die Zwillinge gehören zu meiner Schwester Kati. Sie wachsen sehr behütet auf. Obwohl Englisch für meine Sis auch eine Fremdsprache ist, redet sie mit Levi und Harry nur Englisch. Sie will, dass die beiden zweisprachig aufwachsen. Beispielsweise nennt sie ihre Söhne »the apple of my eye«. Das heißt, dass sie die Kids wie ihre eigenen Augäpfel schützt. Augen sind wichtig, klar, ohne Augen wäre das Fortnite-Spielen schwierig. Das machen Levi und Harry am liebsten. Obwohl Kati das gar nicht so gerne sieht und sie sich immer Sachen ausdenkt, die die Kids vom Zocken abhalten sollen. Kommt euch das bekannt vor? Mal versteckt sie die Controller, mal die Kopfhörer. Oder sie schließt den Schrank mit den Spielkonsolen, sämtlichen Fernbedienungen und Controllern ab. Sie hat sogar schon spielfreie Tage eingeführt – und wieder verworfen, weil immer irgendetwas dazwischengekommen ist. (»Bitte nur heute, Mama, ausnahmsweise. Morgen kann XYZ nämlich nicht. Da geht er zum Rugby.« – Irgendwas ist immer.)

Es gibt Phasen, in denen können sich Levi und Harry nicht allein in einem Zimmer aufhalten. Das endet immer in Streit und Klopperei. Da Kati aber die Spielgeräte in einen Raum verbannt hat, der so weit wie möglich von den Nachbarn entfernt liegt (wegen der Verzweiflungsschreie oder Begeisterungsrufe beim Spielen), ist das schwierig. Daher hat sie einen Stundenplan erstellt. Mal spielt der eine für eine Stunde, dann der andere. Hat auch nicht lange funktioniert, denn immer, wenn Harry Spielzeit hatte, war keiner seiner Freunde online. Und umgekehrt, wenn Levi laut Plan nicht spielen durfte, sind seine Atzen spielbereit. Ein wahres Dilemma – und sicher nicht anders als bei euch.

Bei mir zu Hause gibt es Fortnite satt. Ist ja klar. Das ist mein Beruf, was meine Neffen natürlich toll finden. Manchmal frage ich mich, ob sie sich wirklich freuen, mich zu sehen, wenn sie mich besuchen, oder ob sie einfach nur happy über meine Geräte sind. Und über meine vielen Skins. Wenn meine Schwester die Zwillinge bei mir abgibt, schiebt sie immer eine Ermahnung hinterher, dass die Jungs nicht so viel zocken sollen. Das verspreche ich ihr auch immer hoch und heilig –, und in dem Moment meine ich das auch so. Aber was erwartet sie von mir? Ich bin Profi!

Dieses Wochenende ist es wieder so weit. Die Neffen sind bei mir. Alle drei – und wir spielen Fortnite, natürlich. Was sonst? Erst mal werden die Geräte verteilt. Wer darf auf dem PC spielen, wer nimmt die Xbox, wer die PS4 und wer spielt auf dem Smartphone?

Manchmal gibt es Ärger, weil zwei das Gleiche wollen. Dann muss das Los entscheiden. Harry, der Kleine, nimmt oft sogar freiwillig das Smartphone. Wenn ich ihn nicht hätte, wäre ich verloren. Er gibt wirklich oft nach. Nicht aus Schwäche, nein, eher aus Stärke. Er ist mit seinen zwölf Jahren schon sehr erwachsen – manchmal zumindest. Harry hat ein Gespür für Stimmungen. Er tut und sagt immer das Richtige. Das ist total faszinierend. Mit seiner ruhigen Art hält er seinen hitzigen Bruder, den Levi, ganz gut in Schach. Aber manchmal reicht es sogar Harry, und er schlägt zurück, fällt mit seinen kleinen Fäusten über Levi her. Der weiß in dem Moment gar nicht, wie ihm geschieht. »Ich hab doch gar nichts gemacht!«, kreischt er. Kenn ich alles. Schon hundertmal erlebt.

Es macht Spaß, Harry dabei zu beobachten, wie er mit den Fingern auf dem Smartphone herumtippt und wischt. Fortnite auf höchstem Niveau und auf kleinstem Raum. So habe ich auch mal angefangen, aber inzwischen ist das nichts mehr für mich. Ich liebe meinen Gaming-PC. Doch den überlasse ich gern den Neffen, wenn sie das wollen. Eigentlich sind sie an ihre Konsolen gewöhnt. Lenny spielt eher Playstation, wie die meisten seiner Homies. Levi hat mehr Kollegen auf der Xbox. Seit ich von Fortnite lebe, habe ich natürlich für Back-up gesorgt. Im Notfall, wenn mein Computer schlappmacht, habe ich noch meinen alten PC. Schließlich kann ich meine Arbeit nicht unterbrechen, nur weil mal die Technik versagt. Das wäre unprofessionell.

Wir fachsimpeln ausführlich über das letzte Update bei Fortnite und auch über die Fortnite-WM in New York.

»Echt krass, dass sich Ninja nicht qualifiziert hat«, findet Harry.

»Da siehst du nur, wie er ewig überbewertet war. Er ist gar kein so guter Spieler, wie immer alle dachten«, erwidert Lenny.

»Er spielt aber trotzdem ganz ordentlich –, und ein guter Entertainer ist er auch«, nehme ich Ninja in Schutz. Lange war er die Nummer eins. Alle wollten mit ihm spielen, wirklich alle.

»Ja, das stimmt«, bestätigt Levi. »Aber seit er von Twitch zu Mixer gewechselt ist, schaue ich ihn gar nicht mehr.« Das sind konkurrierende Streaming-Portale, übrigens. Mixer hat Twitch ihren Ninja ausgespannt. Die Community war not happy. From Hero to Zero.

Harry ist auch auf Ninjas Seite: »So ein Gamer-Leben ist kurz. Da musst du auch mal Sachen machen, bei denen deine Fans erst mal nicht mitgehen. Völlig normal. Aber wenn du ganz oben angekommen bist, wollen dich plötzlich sowieso alle nur noch fallen sehen. Das ist nicht fair.«

Lenny hat sich ein neues Idol gesucht. Rein zufällig (grins) trifft es den, dem er ein bisschen ähnlich sieht: »Ich freue mich total für Bugha und auch für die beiden anderen Champions von der Fortnite-WM. Wie heißen die? Vergessen! Sind jetzt alle Millionäre!«

»Aber die Hälfte davon frisst die Steuer«, gibt Harry zu Bedenken. Das hat er auf YouTube aufgeschnappt. Ein idiotisches Thema – die Steuer … Darüber machen sich sonst eigentlich nur Erwachsene Gedanken.

Anschließend diskutieren die Neffen ausführlich darüber, dass Tfue angeblich vertragsbrüchig geworden ist und nun von seinem früheren Team Faze verklagt wird. Und er klagt wegen irgendetwas zurück. Wer blickt da noch durch? Und dass er von Kalifornien nach New Jersey gezogen ist, weil dort der Ping niedriger ist, also die Datenübertragung im Internet schneller. Das sorgt für weniger Ruckler und Aussetzer.

»Nein, er ist nicht von Kalifornien aus dahingezogen«, erklärt Lenny spitzfindig. »Er war zwischendurch schon längst wieder in Florida, wo er eigentlich herkommt.«

Nebenbei gehe ich meine E-Mails durch. Ein Portal für berufliche Vernetzung schreibt mir, dass sie bei der Moorschlösschen Getränke AG und neun weiteren Unternehmen Jobs gefunden haben, die mich vielleicht interessieren könnten. Absurd! Aus Neugier google ich, was die Moorschlösschen Getränke AG anbietet. Hopfen-Smoothie mit einem Hauch von Moorgeschmack? Die Firma sucht natürlich den IT-Administrator, der ich mal war, und sicherlich nicht den Fortnite-Profi. Ich sollte einfach mein Profil bei dem Portal löschen. Das brauche ich hoffentlich nie mehr.

»Wollen wir mal loslegen?«, fragt mich Lenny, der keinen Bock mehr auf das Getratsche der Zwillinge hat.

»Eine Runde kann ich mit euch spielen, aber dann muss ich mich zurückziehen«, verkünde ich. Früher habe ich mal als IT-Administrator bei einem Fernsehsender in Bielefeld gearbeitet. Als die nun mitbekamen, dass ich Videos mache und mit Fortnite auf YouTube bin, hatten sie die Idee, mich auf eine ziemlich bekannte Fortnite-YouTuberin anzusetzen. Leberwurst in Aspik nennt sie sich. Ich soll ein Porträt über sie drehen. Erst hatte ich gar keine Lust, aber als ich dann erfuhr, dass ich – gemeinsam mit Leberwurst – in die Quizshow von Mirabello Schulz eingeladen bin, konnte ich nicht widerstehen. Nun soll ich erst mal ein Exposé einreichen und zeigen, was in dem Video passieren könnte. Das will der Redakteur vorab wissen. Meine Deadline ist Montag, und ich habe überhaupt noch nichts dafür gemacht. Wann denn auch?

Vielleicht ist euch das nicht so klar. Alle denken immer, dass du dir als YouTuber aussuchen kannst, wann du was machst und wie viel du arbeitest. Aber die Realität sieht ganz anders aus: Freiberuflich zu arbeiten heißt, IMMER zu arbeiten.

Meine Neffen verstehen das. Unsere gemeinsame Zeit ist kostbar. Sie schnappen sich die Geräte, switchen Monitore an, setzen Kopfhörer auf und biegen Mikrophone zurecht. Ihre Daumen ruckeln heftig an den Controller-Buttons. Skins huschen in schneller Abfolge über die Bildschirme. Der Tomatenkopf war immer mein Lieblingsskin, aber nun steht mir der Sinn nach etwas anderem. Ich bin jetzt einfach mal der Toxische Sprayer, dieser Graffiti-Typ mit Maske und Sprayflaschen am Gürtel.

Ja, ich weiß, der graue Hoodie ist eher unspektakulär. Dieser Sprayer war nur kurz im Shop und dann schnell wieder weg. Daher gehörte er lange Zeit zu den seltenen Skins.

Aber zu Beginn dieser Saison haben sie ihn wieder angeboten. Das war natürlich eine Schlappe für alle, die ihn von Anfang an hatten. Plötzlich waren sie als Toxische Sprayer ja nichts Besonderes mehr und damit sehr unglücklich. »Ihr habt meinem Sohn das Herz gebrochen«, klagten verzweifelte Helikopter-Mütter auf dem Instagram-Account von Fortnite. Es entfaltete sich eine lustige Diskussion mit anderen Followern: »Wie seid ihr denn drauf? Sag deinem Sohn, es ist nur ein Spiel!«, ätzten sie zurück. Einige rieben noch Salz in die Wunde: »Haha, ich hab eben gespielt, und bei Fortnite laufen jetzt alle als Toxische Sprayer herum!« Damit muss man umgehen können. In den sozialen Medien sind die Leute nicht immer nicenstein.

Die Individualisierung des Looks ist inzwischen so weit vorangeschritten, dass sich Spieler auch über Rucksäcke und Erntewerkzeuge von der Masse abheben können. Als Rücken-Accessoire wähle ich das Straßenpaket mit der Brechstange und der Farbrolle. Ein zum Graffiti-Skin passendes Werkzeug gibt es leider noch nicht. Daher entscheide ich mich für die Einschlafhilfe, diesen bunten Dreizack, der angeblich süße Träume beschert.

Harry spielt in letzter Zeit am liebsten im Grimbles-Skin. Das ist dieser Gartenzwerg mit der überdimensionierten roten Flickenmütze. Er hat ein knuffiges Gesicht, einen weißen Rauschebart, buschige Augenbrauen und spitze Ohren wie Spock von Star Trek. Grimbles ist erstmals an Weihnachten im Shop aufgetaucht. Daher sieht er so schön weihnachtlich aus. Obwohl Gartenzwerge doch eher zum Sommer gehören … Aber ich will nicht kleinlich sein.

Noch ein Funfact: Als Grimbles gelauncht wurde, dachten einige, Daniel M. Keemstar, ein ziemlich großer Fortnite-YouTuber mit mehr als fünf Millionen Abonnenten, hätte nun einen eigenen Skin bekommen. Das war natürlich ein Witz. Aber eine gewisse Ähnlichkeit besteht tatsächlich. Ich glaube, alle großen Gamer wünschen sich einen eigenen Skin, der so aussieht wie sie. Ninja hat zwei Jahre lang immer wieder danach gefragt, bis Epic tatsächlich einen Ninja-Skin designte. Als Nächstes ist Loserfruit dran, die Australierin.

Doch zurück zu Harry. Jeder merkt gleich, wie selbstironisch er ist. Er weiß natürlich, dass er eher zu klein für sein Alter ist –, und trotzdem wählt er den Zwergen-Skin. Er steht zu seiner vermeintlichen Unterlegenheit, stößt andere sogar noch mit der Nase drauf! Das muss man erst mal bringen. Harry ist echt mein Lieblingsneffe.

Levi nimmt wieder den Fishstick-Skin. Der ist natürlich ein Fisch. Er hat wobblige Arme statt Flossen und einen ziemlich blöden Gesichtsausdruck, weit auseinanderstehende Glubschaugen und Schlauchbootlippen.

Lenny liebt es fresh. Er hat sich für Funk Ops entschieden, dem Typen mit Afrofrisur, Stirnband und flashiger Dreieck-Sonnenbrille. Mit seinem angedeuteten Oberlippenbart, den sorgfältig getrimmten Bartstoppeln am Mund und der goldenen Weste könnte er morgens um sechs aus der Disco gekommen sein. Disco sagt man nicht mehr, sondern Club. Oder umgekehrt? Das ändert sich immer mal wieder. Wie viele YouTuber schere ich mich nicht um solche Sachen. Ich gehe abends nicht so viel weg, verreise auch nie lange. Wenn sie könnten, wie sie wollten, wären meine Neffen auch so drauf. Zur Schule müssen sie natürlich gehen. Sonst gibt es Beef mit den Eltern. Aber in ihrer Freizeit wollen sie online mit Freunden abhängen. Was früher die Treffen auf dem Skaterplatz waren, findet nun in den eigenen vier Wänden statt. Dabei quatschen sie manchmal mehr, als sie spielen. Das Zocken wird dann sogar zur Nebensache.

ZWEI

»Wo soll's denn diesmal hingehen?«, frage ich die Jungs. Das Spiel beginnt, und der Schlachtenbus schwebt über der Fortnite-Karte.

»Ich würde sehr gern mal mit dieser Stretchlimo fahren, mit Lottie«, schlägt Harry vor.

Ich muss lachen. Harry spielt auf eine Verfolgungsfahrt in einer selbstfahrenden Stretchlimousine an. Davon hat er irgendwo gelesen. Seit dem letzten Update gibt es Lottie tatsächlich bei Fortnite. Sie steht in der Nähe von Retail Row. Aber ich weiß nicht, ob es eine gute Idee ist, dort zu landen. Da treiben sich immer noch untote Cowboys von den Fortnitemares herum. Die Fortnitemares waren ein Halloween-Event. Der Name »Fortnitemares« ist eine Verquickung aus Fortnite und Nightmare, wie Albtraum. Cleveres Wortspiel, oder?

»Das ist doch perfekt für ein Autorennen. Wir mit Lottie und die Zombies hinter uns her.« Harry ist begeistert. »Lass uns das bitte, bitte, bitte machen!«

Ich gebe zu bedenken, dass nun viele dorthin unterwegs sein werden, weil das Feature ganz neu ist. Aber gut. »Anweisung an alle: Wir treffen uns in Retail Row.« Ich kenne die Vorliebe der Neffen für Videospiele mit Autorennen: Forza Street, Asphalt 9: Legends, GT Racing 2, Trackmania Nations Forever, Mario Kart 8 Deluxe und Project Cars 2. Alles schon ausprobiert.

Seit kurzem gibt es drei Rennstrecken bei Fortnite: eine in den Wäldern bei Retail Row, eine unterhalb von Sweaty Sands und eine in der Nähe von Misty Meadows, der skandinavischen Stadt.

Ich bin einer der Letzten, die aus dem Bus springen. Als ich in der Luft baumle, blicke ich auf die weißrosa Schuhsohlen meines Toxischen Sprayers. Der Boden kommt schnell näher. Ich spanne meinen Schirm auf und lande vor dem Hauptgebäude von Retail Row. Dort steht sie tatsächlich: Lottie, die schnellste und wendigste aller Stretchlimos. Sprechen und Befehle entgegennehmen kann sie auch.

Die Beifahrertür steht offen. »Welcome back, Stan, I missed you«, begrüßt mich eine Computerstimme. Wie kann sie mich vermissen? Wir kennen uns doch noch gar nicht. Und seit wann können Autos überhaupt etwas fühlen? Sie sind seelenlose Wesen, die die Luft verpesten. Mit Ausnahme der E-Autos, natürlich, aber von denen gibt es keine bei Fortnite, oder? Ich seufze. Wieder so eine Erfindung von Epic Games: Algorithmen finden heraus, was die Spieler am liebsten hören wollen. Als ob ich das nicht durchschauen würde.

Vorsichtig beuge ich mich hinunter und riskiere einen Blick in die Fahrerkabine. Eigentlich hatte ich sie leer erwartet, aber zu meiner Überraschung sitzt einer im John-Wick-Skin hinterm Steuer. Die länglichen Haare fallen ihm ins Gesicht. Sein schwarzer Anzug mit schwarzem Schlips sieht etwas zerknittert aus. Angeschnallt ist er nicht. Natürlich nicht, denn er ist John Wick, der Star der gleichnamigen Actionfilme, und somit UNSTERBLICH. Schauspieler Keanu Reeves hat

ihn bereits dreimal dargestellt. Daher spricht John Wick mit Keanus Synchronstimme und einem amerikanischen Akzent: »Hi, mein Name ist John Wick, und ich bin dein Uber-Fahrer.«

Was geht hier ab? »Äh, ich habe aber gar keinen Uber-Fahrer bestellt«, antworte ich. Ich schaue durch die heruntergelassene Trennscheibe zur Rückbank. Hinten ist alles dunkel und still. Wo sind die Neffen? Aus der Entfernung höre ich Schüsse. Ach, was soll's! Bevor ich jetzt von irgendeinem Noob beseitigt werde, klettere ich einfach zu John auf den Beifahrersitz. Lottie ist gepanzert. Das sollte sicher sein.

Ich schließe die Autotür.

»Überraschung!!!« Das Licht im hinteren Teil der Limo geht an. Die Neffen! Na ja, so überrascht bin ich nicht. Schließlich waren wir doch hier verabredet.

»Wo soll es denn hingehen, Chef?«, fragt der Typ im John-Wick-Skin. Ganz entgegen seiner Rolle – schließlich ist er ein Auftragskiller – klingt er ein bisschen unterwürfig.

Ich sehe ihn prüfend an, suche nach einem ironischen Anflug in seinem Gesicht. »Du musst mich nicht Chef nennen, John«, protestiere ich.

»Zu Befehl, Sir, äh, Captain, mein Captain, äh …«, stottert mein Uber-Fahrer.

»Keanu?«, meldet sich Funk-Ops-Lenny von hinten. »Wir wollen was erleben. Fahr bitte zur neuen Rennstrecke, ja? Aber schnell!«

Mit einem Ruck setzt sich die Limousine in Bewegung. Wir lassen Retail Row hinter uns und fahren durch ein kleines Waldstück. Dabei überholen uns rechts und links mehrere

Schimmer-Skins auf Driftboards. Wenig später erreichen wir die neue Rennstrecke. Dort warten die Driftboarder bereits an der Startlinie. Die Ampel ist rot. Auch John Wick hält an. Auf einer Anzeigetafel beobachten wir, wie die letzten Sekunden bis zum Start heruntergezählt werden. Vier, drei, zwei, eins – und ab geht's. Die Ampel wird grün. Mindestens fünf Driftboards sausen los.

Nun sollten auch wir uns in Bewegung setzen. Aber was passiert? Nichts! Hat John Wick den Start verpennt? Ich schaue ihn prüfend an. »John? Keee-aaaa-nu!! Hey!«, rufe ich.

John erwacht aus seinen Tagträumen: »Ja, natürlich, sorry!!!« Er drückt aufs Gaspedal. Reifen quietschen. Die Limo macht einen Satz nach vorn, und die Beschleunigung drückt uns in die Sitze. Ich drehe mich nach hinten um. Die Neffen krallen sich an den Armlehnen fest. Fast hätte es Grimbles-Harry zu Boden geschmissen.

Wir liegen ziemlich weit zurück. Ob wir das noch drehen können? Mit einem vertrottelten John Wick am Steuer? Er scheint von Sorgen geplagt zu sein. Das ist er nun schon seit drei Filmen. Wick trauert um seine Frau, die an einer Krankheit gestorben ist. Kein Wunder, dass es ihm nicht gut geht. Ich bin kein großer John-Wick-Fan. Der schweigsame Brutalo liegt mir nicht, aber Keanu mag ich schon.

Wir rasen an einigen Checkpoints vorbei. Erst wenn wir die Ziellinie passieren, zählt die Runde, und die Aufgabe ist erfüllt. Doch nicht weit vom Ziel entfernt verlangsamt Lottie plötzlich.

»Was ist los?«, ruft einer der Neffen von hinten.

John sieht gestresst aus. Mein Blick fällt auf die Tankanzeige. »Wir haben kein Benzin mehr!«, höre ich Lotties Computerstimme.

Das trasht mich weg! John hat vergessen zu tanken? Langsam bekomme ich Mitleid mit ihm: »Nun halt schon an, Digger. Ich schau mal, was ich tun kann.« Es gibt eine Tankstelle bei Fortnite, aber die ist ziemlich weit weg. John lenkt die Limo auf die rechte Seite. Noch bevor Lottie zum Stehen kommt, springe ich hinaus.

»Da ist er!«, spricht ein Ghoul Trooper am Rand der Rennstrecke in sein Walkie-Talkie. Meint der mich? Der Zombietyp hat wohl auf mich gewartet.

Auf der anderen Straßenseite springt eine Ghoul Trooperin hinter einem Baum hervor. Prompt attackiert sie mich mit ihrem Maschinengewehr. Ich ducke mich hinter Lottie. Die Kugeln durchsieben den schwarzen Lack an der Seite.

»Stan!« Unser Fahrer wirft mir durch das halbgeöffnete Wagenfenster eine Shotgun zu. Automatisch schließt sich der Schlitz wieder. Noch mehr Kugeln treffen Lottie. Die Rücklichter zerspringen. Ich ballere zurück, aber statt der Ghoul Trooperin zerstöre ich versehentlich die Scheiben eines Rennwagens, der zufällig gerade vorbeihastet.

Hinter Lottie hält ein fetter SUV, und mehrere Ghoul Trooper springen heraus. Ich verschanze mich hinter einem dicken Baum. Maschinengewehrkugeln treffen den Baum auf Höhe meines Kopfes. Holz splittert. Ich schieße zurück. Die Lage wird etwas unübersichtlich. Einige Batman-Skins, die an der Rennstrecke gewartet haben, laufen panisch in verschiedene Richtungen auseinander. Einen trifft es an der Schulter. Er geht zu Boden und löst sich auf.

Die Neffen und John Wick verstecken sich in der Limo. Die Angreifer scheinen nicht an ihnen interessiert zu sein. Sie wollen mich. Ich renne durch ein Gestrüpp und rette mich hinter die Ziellinie. Kugeln verfehlen meinen Skin. Nun erreiche ich eine Stadt. Der Lage nach könnte das Lazy Lake sein. Aber die Gebäude sind nicht so großzügig und modern, wie ich es eigentlich von dem Ort kenne. Hier stehen schmale, dreistöckige Backsteinhäuser mit spitzen Dächern. Die engen Gassen und Kanäle erinnern mich an Venedig. Eine Lagunenstadt. Gut für mich. Sicher werde ich mich leicht irgendwo verstecken können.

Meine Angreifer sind ins Auto gestiegen und haben die Verfolgung aufgenommen. Beim Anfahren crashen sie in einen Laster. Was hat der LKW auf einer Rennstrecke verloren?! Er bleibt stehen und versperrt die gesamte Straße. Kein Fahrzeug passt mehr durch. Die bin ich hoffentlich los.

Vor mir liegt ein Platz, auf dem Typen in Anzügen an Bistrotischen sitzen und einen Snack essen. Ich laufe zügig an ihnen vorbei und scheuche dabei einen Schwarm Tauben auf. Es flattert um mich herum. Ich schlittere über einen glitschigen Taubenschiss. Ein lautes Krachen ertönt, und plötzlich durchbricht der schwarze SUV meiner Verfolger eine Absperrung. Oida! Wie kann das sein? Der Wagen fährt direkt auf die Bistrogäste und mich zu. Dabei zermalmt er einige Tische und Stühle. Holz- und Metallteile fliegen durch die Luft. Kreisch!!! Alle springen auf und rennen schreiend davon.

Ich flüchte über eine kleine Fußgängerbrücke, die über

einen Kanal führt. Boah! Nun stehe ich vor einer stark befahrenen Straße. Aus beiden Richtungen kommen Straßenbahnen angerauscht. Bevor sie sich in der Mitte kreuzen, gelingt es mir, mit einem Satz durch die Lücke zur anderen Seite zu hechten. Upsi, dann springe ich außen auf einen Straßenbahnwaggon auf und kralle mich an dem offenen Fenster fest. Haha, die Ghoul Trooper im SUV müssen an der Fußgängerbrücke bremsen. Die ist zu schmal für den Wagen. Ich sehe sie durch die abgedunkelten Autoscheiben und erahne, dass sie sich gegenseitig genervt anblöken.

Die Bahn beschleunigt und fährt um eine Kurve. Ich springe ab und wechsele wieder auf die andere Straßenseite. Meinetwegen müssen Autos bremsen. Die Fahrer hupen. Einer kurbelt sein Fenster hinunter und ruft mir hinterher: »Pass doch auf, du Weirdo!«

Ich nehme den Gehweg, der am Kanal entlangführt. Wie im Film springe ich über die Kanalmauer und falle etwa zwei Meter in die Tiefe. Ich rechne damit, ins Wasser zu platschen. Aber stattdessen lande ich auf einem Steg, an dem mehrere Motorboote festgemacht sind. Zwei Bananen- und ein Erdbeer-Skin wollen gerade ihr Motorboot besteigen. Der Motor läuft schon. Ich schubse die Früchtchen zur Seite. Eine Banane fällt ins Wasser – »Sorry, Brudi!«

Ich nehme mir einfach das Boot und gebe Vollgas. Als ich mich umdrehe, sehe ich, wie an der Uferstraße der fette Wagen meiner Verfolger hält. Sie springen heraus. Ein Ghoul Trooper lässt ein neues Magazin mit Munition in seine goldene Scar einrasten. Er zielt auf mich, aber die Schüsse gehen mal wieder ins Leere. Ich bin schon zu weit weg.

Die Ghoul Trooper steigen wieder ins Auto und fahren mit quietschenden Reifen hinter mir her. Einer hängt mit seiner Waffe halb aus dem Fenster und schießt auf mich. Ich rase mit dem Motorboot auf eine Brücke zu. Dort bringt sich ein anderer Ghoul Trooper – wo kommt der bloß plötzlich her? – mit einer Minigun in Position. Die Minigun kann ganze Gebäude zum Einstürzen bringen! Das will ich mir nicht antun. Ich fahre nicht unter der Brücke durch, sondern lege eine 180-Grad-Wende hin. Dabei spritzt eine riesige Wasserfontäne hoch. Der Schwall trifft auf eine kleine Partygesellschaft, die es sich an Deck einer Luxusjacht gemütlich gemacht hat. Ups! Ein Doublecross-Skin-Mädchen im schwarzen Bikini und rotem Sarong um die Hüfte bekommt am meisten Wasser ab. Sie springt von ihrer Sonnenliege auf. Hysterisches Kreischen. Beschimpfungen. Fäuste, die sich in meine Richtung recken. Ein durchtrainierter Kerl in Surfer-Shorts und mit rosa Hawaii-Blumenkette um den Hals, wahrscheinlich ihr Freund, steht hilflos daneben. Sein eben noch hochgegelter Blondschopf hängt ihm tropfend ins Gesicht. Ich höre, wie die wummernden Bässe der Musikanlage leiser werden. Es läuft »Happier« von Marshmello.

Da tauchen plötzlich die Neffen wieder auf. Sie begleiten mich auf der Uferstraße des Kanals mit Driftboards. Funk Ops gleitet voran, dahinter Fishstick und an dritter Stelle Grimbles. Ich winke ihnen zu. Aber ach … Eine Sekunde nicht aufgepasst, und schon bahnt sich die nächste Hürde an. Das Tretboot mit einem grimmigen Big Foot und einer Osterhäsin entdecke ich viel zu spät. Eine halbe Sekunde lang blicke ich

in zwei entsetzte Gesichter. An Ausweichen oder Bremsen ist nicht mehr zu denken. Geistesgegenwärtig springen beide rechts und links vor mir ins Wasser. Ungewollt werde ich zum Vollstrecker. Es kommt zu einem heftigen Auffahrunfall, bei dem ich das Boot der beiden Turteltäubchen mit meinem Motorboot ramme und in zwei Teile spalte. Totalschaden für das Tretboot, aber mein Boot bleibt unversehrt. Ich drehe mich noch mal um. Immerhin ist den beiden nichts passiert. Schwimmen können sie auch. Alles bestens.

Ich sehe nach den Jungs. Sie fahren immer noch parallel zu mir auf ihren Driftboards. Der schwarze SUV fährt hinter ihnen her, und die Ghoul Trooper greifen nun auch die Jungs an. Die Kugeln treffen aber nicht, keine einzige.

Vor der Kolonne parkt ein Wagen in zweiter Reihe. Es hat sich bereits ein kleiner Stau gebildet. Mit den schmalen Driftboards schlenkern die Neffen elegant daran vorbei. Lenny biegt dahinter nach links ab und schwebt über eine Fußgängerbrücke. Levi fährt nach rechts in eine schmale Gasse.

»Wieso fährst du in diese dunkle Gasse?«, höre ich Harry fragen. »So sind die Eltern von Batman gestorben.« Er selbst fährt lieber geradeaus weiter.

Die Ghoul Trooper müssen scharf bremsen und reißen das Steuer herum, um nicht in das Stauende zu brettern. Ihr Auto verliert die Bodenhaftung und durchbricht die Kanalmauer. Das Fahrzeug fällt hinunter und taucht in das brackige Kanalwasser ein. Es gluckert sofort unter. Mit allen Ghoul Troopern an Bord. Tschö mit ö, das war's!

Fortnite listet akribisch auf, wen es erwischt hat:

DirtyHarry66 hat Realhalflava im Kanal versenkt.
DirtyHarry66 hat Karemghoniem im Kanal versenkt.
DirtyHarry66 hat Irvingwilly im Kanal versenkt.
DirtyHarry66 hat PoroPlays im Kanal versenkt.

DirtyHarry66 ist der Spielername von Harry. Läuft bei ihm! Epischer Sieg für Team F7_Ducky – das sind wir!

Wir klatschen uns gegenseitig ab. Das folgt einem ausgeklügelten Ritual: Erst die flachen rechten Handflächen gegeneinander – von innen nach außen und von außen nach innen. Dann ein herzhafter Handshake, und die rechten Hände halten sich fest. Das Gleiche mit den linken Händen, Handshake, festhalten über den rechten Händen. Alle vier Hände halten sich fest. Danach alle Hände nach oben gerissen, und bei einer Abwärtsbewegung lösen sie sich voneinander. Es ist schwer zu beschreiben. Das haben sich die Neffen aus einer Serie über Basketball spielende Jugendliche in der Bronx abgeschaut. Und noch ein bisschen weiterentwickelt. Ist ja klar. Jede Gang hat ihre eigene Jubelpose.

DREI

Nach der Runde ist plötzlich Schluss. Fortnite fährt die Server runter. Ein außerplanmäßiges Update? Wie seltsam, denke ich, am Wochenende sollte doch alles funktionieren. Die Kids haben Zeit und wollen spielen. Oder sind das neue Spielverhinderungsstrategien wie in China? Ohne Witz. In China bekommen die Kids nach drei Stunden eine Mahnung, dass sie eine Pause machen oder für die Schule lernen sollen. Das muss Epic Games machen, denn das chinesische Rechtssystem will es so. Die Chinesen versuchen auf diese Art, die Suchtgefahr bei ganz jungen Spielern zu verringern. Wer den Hinweis ignoriert und weiterspielt, dem muss Epic die gesammelten Erfahrungspunkte halbieren. Das erschwert und verlangsamt das Leveln, das Aufsteigen in eine höhere Liga. Auch stoppen die Challenges nach drei Stunden, aber am nächsten Tag sind sie alle wieder freigeschaltet. Ich habe keine Ahnung, ob das eine wirksame Strategie ist. Wahrscheinlich hat jeder chinesische Jugendliche mehrere Accounts und kann die Einschränkungen umgehen. Oder sie wechseln einfach zu einem anderen Videospiel. Ich weiß es nicht.

Wir setzen uns die Kopfhörer ab. Die Abdrücke von den Headsets haben sich in die Frisuren der Kids eingegraben. Das Haar um die Ohren herum und auf dem Kopf, wo der Kopfhörerbügel sitzt, ist ganz plattgedrückt. Das sieht lustig aus.

Es ist schon spät. »Dann zieht euch jetzt mal die Pyjamas an«, fordere ich die Kids auf.

»Och nö! Warum soll ich denn jetzt schon schlafen? Es ist doch noch nicht mal dunkel draußen!« Levi schaut mich treuherzig an. In Wahrheit ist es schon lange dunkel. »Morgen ist frei. Gib uns noch eine Chance!« Die Neffen wissen, wie sie mich erweichen können.

»Wir wollen noch mal mit dir nach Creepy Castle fliegen«, jammert Lenny. Seit dem letzten Update gibt es ein Gruselschloss, dieses Creepy Castle.

Ich schaue auf meinen PC. Fortnite ist immer noch down. »Ihr hüpft jetzt ab ins Bett!« Manchmal hilft bei den Jungs nur noch der Kommandoton. Ich soll darauf achten, dass sie nicht die ganze Nacht zocken, hat Kati gesagt.

Wenn die Neffen bei mir übernachten, hole ich die Reisebetten vom Dachboden, zwei ziemlich große, dicke Luftmatratzen. Als die Jungs noch kleiner waren, sind sie immer darauf herumgehopst, wie auf einem Trampolin. Sehr beliebt war es auch, sich vom Fensterbrett darauffallen zu lassen. Das hält selbst ein Qualitätsprodukt nicht aus. Die Reisebetten sind oft kaputt gegangen, und ich musste immer wieder neue kaufen. Wie gut, dass die Jungs mittlerweile älter und vernünftiger sind. Das spart mir viel Geld.

Inzwischen sind alle sechzig Zähne geputzt – oder wie viele sie nun gerade in ihren Mäulchen haben. Ich bin nicht auf dem Laufenden.

Die Jungs liegen auf den Besucherbetten. Lenny fängt schon wieder mit Fortnite an: »Dieses Creepy Castle soll voll heftig sein, hieß es zumindest im Leak. Von dort sind einige nicht zurückgekommen. Spuken soll es dort. Irgendetwas Übersinnliches. Einer von denen, der heißt Tommy Glitter …«

»Halt die Fresse, Lenny, ich will schlafen!«, schnauzt ihn Levi an und hält sich ein Kissen aufs Ohr. Wenn er müde ist, wird sein Ton noch ruppiger.

»Ach was«, versuche ich, sie aufzumuntern. »Macht euch keine Sorgen. Es gibt nichts Übersinnliches! Schon gar nicht in einem Videospiel. Davon wüsste ich. Das meiste lässt sich ganz logisch erklären. Ehrlich!«

Doch die Stimmung ist schon umgeschlagen. Harry sieht besorgt aus. »Alles wird gut«, sage ich beschwichtigend.

Er sieht mich seltsam an und flüstert: »Wenn wir nach Creepy Castle gehen, werden wir uns vielleicht nie wiedersehen.«

Ich fühle mich unbehaglich. Es wäre nicht das erste Mal, dass Harry eine Gefahr vorhersieht. Er hat eine Art sechsten Sinn und weiß schon oft im Voraus, was passieren wird. So scheint es zumindest manchmal.

Ein Ereignis ist mir noch deutlich in Erinnerung. Als die Neffen noch jünger waren, habe ich sie mal in einen Vergnügungspark mitgenommen. Wir haben Zuckerwatte gegessen und sind Kettenkarussell gefahren. Alles war schön. Als wir an der Achterbahn vorbeikamen, wurden Lenny und Levi sehr aufgeregt und wollten mitfahren. Harry hat sich aber partout geweigert. Er zog an mir herum und jammerte.

»Was ist denn bloß los mit dir?«, fragte ich.

»Ich will das nicht. Das ist zu gefährlich«, antwortete er. Er war so hartnäckig, dass ich tatsächlich entschied, nicht mit der Achterbahn zu fahren. Lenny und Levi waren stinksauer.

Wir standen noch eine Weile unschlüssig vor dem Fahrgeschäft herum und sahen zu, wie die Wagen hochratterten und dann kontrolliert auf den Schienen in die Tiefe stürzten. Linkskurve, Rechtskurve, Geschrei. Dann passierte etwas, das ich nie vergessen werde. Ich bekomme noch heute eine Gänsehaut, wenn ich daran denke. Irgendwo über unseren Köpfen schrie eine Frau. Das war nicht das übliche Spaßgejohle. Nein, das war Todesangst. Unsere Blicke flogen nach oben. In etwa fünf Metern Höhe hing ein Kind, ein vielleicht Siebenjähriger, hinten aus einem der Wagen heraus. Seine Mutter versuchte, ihn festzuhalten. Es ging sehr schnell. Die Geschwindigkeit und die Fliehkraft in der Kurve waren zu stark. Der Junge stürzte in die Tiefe.

Alle um uns herum schrien vor Entsetzen. Die Wartenden in der Schlange vor dem Tickethäuschen riefen dem Kassierer zu, er solle die Anlage sofort stoppen. Der hatte nichts mitbekommen. Dann sprangen zwei Männer über die Absperrung, um nach dem verunglückten Kind zu sehen. Gefühlt dauerte es endlos, bis die Wagen anhielten. Später haben wir von einer Nachrichtenseite im Internet erfahren, dass der arme, kleine Kerl Glück im Unglück hatte. Er war auf eine der dicken, weichen Bodenturnmatten gefallen, die zur Sicherheit unterhalb der Kurven auf dem Boden lagen. Er kam mit einem Schreck davon und konnte das Krankenhaus, in dem er eine Nacht zur Beobachtung blieb, am nächsten Tag schon wieder verlassen. Die Achterbahn blieb bis auf weiteres geschlossen.

Der Vorfall hat uns noch sehr lange beschäftigt. Immer wieder redeten wir über das, was wir gesehen oder nicht gesehen hatten. Auch darüber, dass Harry – vor dem Unfall – auf gar keinen Fall dort mitfahren wollte. Eigentlich sind solche Fahrten sicher. Die Wahrscheinlichkeit, dass etwas Schlimmes passiert, ist eins zu vierundzwanzig Millionen, habe ich gelesen. Und trotzdem: Ich bin mir sicher, dass Harry das Unglück irgendwie vorhergesehen hat. Seitdem nehme ich seine Eingebungen ernst.

»Ihr müsst mir versprechen, dass ihr NICHT allein nach Creepy Castle geht, wenn ihr Fortnite spielt. Niemals. Nicht ohne mich. Verstanden?«, fordere ich die Jungs eindringlich auf. Ich trage hier schließlich Verantwortung. Wenn den dreien etwas zustoßen sollte, würden meine Geschwister mir das nie verzeihen. Kati würde mich killen. Daher muss ich so streng sein. Man könnte nun denken: Hey, was soll denn in einem Videospiel schon groß passieren? Ich sage nur: »Better safe than sorry.« Man kann sich nie sicher sein. Es gibt Programmierfehler wie Glitches und Bugs. Bestimmt ist das alles harmlos, aber vielleicht auch nicht.

»Och nö, Buddy, das ist doch völlig unnötig«, protestiert Lenny.

»Versprochen?«, frage ich ernst.

Lenny windet sich. »Na gut«, antwortet er gedehnt.

Ich schaue Levi an. Seine Augen sind geschlossen, und ich vernehme ein schnorchelndes Geräusch. Er ist bereits eingeschlafen.

Harry auch.

VIER

Jetzt räume ich erst mal das Wohnzimmer auf. Überall liegen leere Chipstüten herum. Auf dem Sofatisch stehen Plastikflaschen mit Energydrinks. Ekelhaftes Zeug. Viel zu süß. Zumindest für mich. Eine Flasche ist umgefallen und hat eine Pfütze auf dem Tisch hinterlassen. Ich hole einen Lappen aus der Küche und wische die klebrige Soße weg. Bin ich Profi-Zocker auf YouTube und Twitch geworden, um diesen PuberTIEREN hinterherputzen? Von wegen! Morgen werde ich mal ein Wörtchen mit den Jungs reden. Sie müssen ihren Müll selbst wegschmeißen. Dieser Saustall ist echt nicht okay.

Ich schnappe mir mein Tablet und mache es mir auf dem Sofa gemütlich. Nächster Tagesordnungspunkt: Video über die YouTuberin planen. Ich öffne ein neues Word-Dokument und speichere es unter dem Dateinamen »Leberwurst in Aspik« ab. Eigentlich heißt sie Sondra Johannemann, aber das darf keiner wissen, also behaltet es für euch, ja? Sie will ihre Identität schützen. Fair enough. Ich vermeide es auch, euch Lesern meinen Nachnamen zu verraten. Stanislaw, mein Vorname, ist bekannt, viel mehr aber auch nicht. Sondra hat ihren Namen komplett geändert. Als Frau in der Öffentlichkeit ist sie sicher noch verletzlicher. Die Pranks von Fans können manchmal nämlich ganz schön nach hinten losgehen. Daher bewegt sich Sondra im Netz unter dem Pseudonym Sissi Verbissy. Das habe ich schon herausgefunden, allein durchs Googlen. Aber die Info kann ich natürlich nicht im Film verwenden.

Sonst fällt mir spontan nicht viel ein, was ich berichten könnte. Ich muss mich etwas inspirieren lassen. In die Suchleiste bei YouTube gebe ich ein: »Leberw…« Ich muss den Namen gar nicht vollständig zu Ende schreiben. YouTube schlägt ihn mir einfach vor, so erfolgreich ist Sondra. Einen Klick später blicke ich auf ihr Profilbild und die Anzahl ihrer Abonnenten: 2,6 Millionen. Alle Achtung! Das ist ganz ordentlich. Ich starte eines ihrer Videos. Sie sieht hübsch aus. Das ist das Erste, was mir auffällt. Unendlich große, braune Augen, langes dunkles Haar, eine schmale Gestalt. Sie hat etwas Ähnlichkeit mit Anne Hathaway, die Selina aus dem Batman-Film »The Dark Knight Rises«. Grips hat sie auch. In einem Fragebogen im Internet entdecke ich ihren Intelligenzquotienten: angeblich 155 – wie meine Hausnummer, als ich noch bei meinen Eltern gewohnt hab. Wir haben also viel gemeinsam, haha.

Ich starte das nächste Video. Aber was ist das? Ich stutze. Leberwurst in Aspik hält zwei kleine, niedliche Hündchen in die Kamera. Die sehen wie frischgeborene Pandabären aus, fast haarlos und rosig, kugelige Augen. Aha, ich lerne, das sind Chihuahuas. Erst kürzlich hat sie die beiden angeschafft und sie Lolek und Bolek genannt. Nach dieser uralten, polnischen Zeichentrickserie.

Sondra schleppt Lolek und Bolek überall mit hin, erfahre ich. Zu diesem Zweck hat sie von einem Sponsor ein kleines Täschchen bekommen, eine Bodybag. Auch die hält sie in die Kamera. Die nächste Einstellung ist ein Close-up vom Markennamen der Tasche: »South Faith – Super Version«. Ich bekomme Einblick in die Preisgestaltung von South Faith: 120 Euro für diese Mini-Tasche? Das glaub ich nicht! Jetzt kommt noch so ein Hammer: Die kann gar nicht jeder kaufen! Es gibt sie nur in geheimen Pop-up-Shops, diesen Läden, die nur für kurze Zeit öffnen und schnell wieder verschwinden. Nur die größten Swaggerlinge wissen, wann und wo ein solches Geschäft aufmacht. Die uncoolen Unwissenden bekommen nichts mit. Kann das wirklich sein, dass sich Leute darum reißen, viel Geld für Zeug auszugeben, von dem sie nicht einmal erfahren, wo sie es kaufen können? Verrückt!

Ehrlich gesagt bin ich etwas überfordert. Zwar bin ich der YouTuber, dem die Frauen vertrauen (so mein Motto), aber Sondra ist mir echt zu abgefahren. Ich weiß nicht, ob ich diese Leberwurst in Aspik überhaupt kennenlernen möchte! Wenn ich den Film machen will, muss ich aber mit ihr reden. Ich schaue auf die Uhr. 22:35 Uhr. Zu spät zum Telefonieren. Ich habe auch gar keine Telefonnummer von ihr. Aber immerhin die E-Mail-Adresse. Die hat sie auf ihrem YouTube-Kanal veröffentlicht. Ich schreibe eine kurze E-Mail, wer ich bin, bla, bla, der YouTuber, dem die Frauen vertrauen, nein, das lass ich weg, das ist blöd – und was ich vorhabe.

Wahrscheinlich geht die Nachricht sowieso in ihrem Postfach unter, und ich muss noch ein paarmal nachsetzen. Das bleibt wohl nicht aus – bei 2,6 Millionen Abonnenten. Sicherlich schaut sie die E-Mails gar nicht selbst an, sondern hat einen Manager, der die interessanten Anfragen herausfischt. Ich zögere kurz. Dann füge ich meine Mobilnummer hinzu. Kurze Dienstwege. Vielleicht ruft sie mich nächste Woche an, und wir können einen Termin vereinbaren. Die Zeit nehme ich mir. Auch wenn es auf Kosten meines eigenen Kanals geht. YouTuber-Kooperationen lohnen sich immer. Meine Follower lernen einen neuen Kanal kennen, und Sondras Abonnenten kommen zu mir rüber. So läuft das meistens.

Nun habe ich endlich ein paar Minuten für mich. Ich will fermentieren oder: kontrolliert abhängen. So surfe ich auf meinem Tablet durch sämtliche Streamingdienste: Amazon Prime, Sky Ticket, Netflix. Ich schaue meine Merklisten durch. Nur leider werde ich nicht fündig. Etwas lustlos lese ich die Zusammenfassung von »John Wick: Chapter 2«: Um seine Schuld aus der Vergangenheit zu begleichen, muss John Wick gegen seinen Willen ein Zielobjekt töten, wird dann jedoch von seinem Geldgeber verraten. Der Film ist ab achtzehn – eher nichts für die Neffen. Ich weiß nicht, wie ich darauf komme. Die Kids schlafen längst. Ab achtzehn ist eigentlich auch nichts für mich. Für Gewalt, spritzendes Blut und Splatter bin ich nicht so zu haben. Egal, ich schau da jetzt rein. Wie gesagt, John Wick ist nicht mein Lieblingscharakter, aber nachdem er heute bei Fortnite so lahm und deprimiert war, möchte ich ihn nun gern wieder in einer überlegenen Rolle sehen. Seit ich einen John-Wick-Skin habe, fühle ich mich moralisch verpflichtet, mir alle seine Filme anzutun. Etwas graule ich mich schon vor »John Wick: Chapter 3«. Den kann man jetzt auch streamen.

Mein Smartphone klingelt. So spät noch? Ich schaue auf das Display. Eine mir unbekannte Mobilnummer. Ich möchte jetzt nicht mit fremden Menschen reden und drücke den Anruf einfach weg.

Kurz darauf klingelt es noch mal. Dieselbe Nummer. Na gut. Das muss etwas Wichtiges sein. Ich wische über das Display: »Hallo? Wer stört so spät?«, frage ich im Scherz.

Auf der anderen Seite: Stille. Ich bin schon drauf und dran, wieder aufzulegen, als sich eine dunkle, weibliche Stimme meldet: »Stan?«

Und ich so: »Wer ist denn da?«

»Ich bin's, Sondra.«

»Ich kenne keine Sondra«, brumme ich.

»Na, dann eben Sissy.«

Nun macht mir das Gespräch Spaß. »Wie denn nun, Sondra oder Sissy?«, frage ich. Mir ist natürlich längst klar, um wen es sich bei der Anruferin handelt.

Sie räuspert sich. »Schon mal was von ›Leberwurst in Aspik‹ gehört?«

Vernehme ich einen leicht beleidigten Unterton? »Ach, sorry, na klar. Entschuldige, ich habe deine Stimme gar nicht erkannt«, versuche ich, das Gespräch zu retten. »Ich hatte auch nicht so schnell mit einem Anruf gerechnet. Es tut mir leid.« Stille am anderen Ende. Sie ist deutlich verstimmt. Ich muss wohl noch mal nachlegen: »Find ich echt stark, dass du dich so schnell meldest. Vielen Dank dafür. Ich wollte …«

»Ich gehe die Dinge gerne direkt an«, unterbricht sie mich, »ich halte nichts davon, Spielchen zu spielen. Das sage ich dir gleich.«

Sie hat natürlich vollkommen recht. Ich könnte mich nun ein weiteres Mal entschuldigen, aber stattdessen wechsele ich das Thema: »Du, ich wollte dich bitten, für diesen Film über dich … Wollen wir uns mal treffen und zusammen überlegen, was ich über dich erzählen könnte? Welche Drehorte, welche Aktivitäten und so?«

»Deswegen rufe ich an«, sagt Sondra-Sissy-Leberwurst kühl. Im Hintergrund höre ich Papier rascheln. Kann es sein, dass sie noch einen echten, analogen Kalender führt? »Pass auf, ich bin eigentlich in den nächsten Wochen total ausgebucht. Erst bei den Esports Awards in Texas, von dort fliege ich gleich weiter zur XCross Fashion Week nach Rio, dann ist da noch diese Vernissage in Venedig. Vorher muss ich Tonnen an Videos vorproduzieren. Es sieht gaaaaanz schlecht aus.«

Ganz klar, sie will mir reindrücken, wie wichtig und vielbeschäftigt sie ist. Ich warte ab, sage nichts, um sie nicht noch mehr zu verärgern. Der Einstieg war sicherlich nicht ideal.

»So leid es mir tut, aber die einzige Lücke, die ich hier sehe, ist morgen früh um halb acht. Du könntest mich beim Joggen begleiten. Passt dir das?«

»Morgen früh?«, stammele ich. Das passt mir eigentlich gar nicht, denn ich wollte ausschlafen und dann gemütlich mit den Neffen frühstücken.

Sie fährt fort: »Ich melde mich morgen früh um 7 Uhr

und gebe den Treffpunkt bekannt. Ich bin zufällig ganz in deiner Nähe.« Sie wartet keine Antwort ab und hat schon aufgelegt. Keine Widerrede geduldet. Eine Powerfrau!

Ich schaue auf die Uhr. Kurz vor 23 Uhr. Nun habe ich noch acht Stunden Zeit. Die brauche ich auch, etwas Entspannung wäre schon gut. Dabei soll mir John Wick helfen. Ich starte den Film. Er beginnt mit einem Kameraflug über Hochhausschluchten, natürlich Manhattan. Ein Typ flieht auf einem Motorrad, und ein anderer, wahrscheinlich John Wick, so genau sieht man das nicht, rast in einem schnittigen Oldtimer, einem 1969er Ford Mustang Boss 429, hinterher. Eine Verfolgungsjagd, die schnell damit endet, dass John überraschend von der Seite kommt und den Motorradfahrer brutal rammt. Ein kleiner Adrenalinmoment. Der Biker fällt um und rutscht mit seiner Maschine über den Asphalt, bleibt bewusstlos liegen. Auch Johns Karre dürfte nun einen Totalschaden haben. Wie erklären sie, dass er am nächsten Tag wieder damit herumfahren wird? Wahrscheinlich gar nicht. Egal. Die Autotür geht auf. Man sieht nur zwei schwarze Hosenbeine und schwarze Cowboystiefel. Gleich wird er sich über den regungslosen Körper seines Opfers beugen. Aber das erlebe ich nicht mehr. Mir fallen die Augen zu.

Als ich aufwache, halte ich immer noch das Tablet in den Händen. Den Film habe ich komplett verschlafen. Ein seltsames Gefühl beschleicht mich. Irgendetwas ist anders. Ich muss nach den Jungs schauen. Mühsam rappele ich mich hoch und hangele nach meinem Smartphone, das ich auf dem Couchtisch liegen gelassen habe. Ich prüfe den Startbildschirm. Keine Nachrichten. Keine verpassten Anrufe. Das ist schon mal gut. Die Uhrzeit? Es ist zwei Uhr morgens. Das Gerät hat nur noch fünf Prozent Batterie. Ich rappele mich hoch und laufe zum Ladekabel im Flur.

Seltsamerweise ist die Wohnung überall hell erleuchtet. Dabei war ich mir doch sicher, dass ich das Licht im Eingangsbereich und auch im Korridor gelöscht hatte. Beklommen laufe ich zum Schlafzimmer der Kinder. Ich zögere kurz und horche nach Geräuschen. Alles still. Ich öffne leise die Tür. Durch das kleine Nachtlicht erfasse ich die Situation sofort. Die Neffen sind nicht mehr da! Sämtliche Reisebetten sind leer. Ich knipse das große Deckenlicht an. Fassungslos laufe ich zwischen den einzelnen Matratzen herum, hebe Federbettdecken hoch, ziehe Gardinen zur Seite. Wo haben sich meine drei War Boys versteckt? Ich fühle, wie Ärger in mir hochsteigt. Die spielen doch nicht schon wieder Fortnite?! Jetzt gibt es richtig Ärger! Die werden sich wünschen, niemals geboren worden zu sein! Ich weiß, wo sie stecken.

Ich rase zum Gaming-Raum. Die Tür ist nur angelehnt. Na wartet! Mit Schwung reiße ich die Tür auf. Doch zu meiner Überraschung ist der Raum leer. Nur mein Computer-Monitor und die Bildschirme von Xbox und PS4 sind in full swing. Keine Neffen weit und breit. Ich trete näher und schaue mir an, was mein Monitor inhaltlich hergibt. Sie haben tatsächlich Fortnite gespielt! Na klar. Anstatt zu schlafen. Diese kleinen Rotzgören!

Das Bild auf allen Monitoren ist gleich. Ich erkenne das

Autokino von Risky Reels. Auf der Kinoleinwand sehe ich das Abbild eines mir unbekannten Gebäudes. Ja genau, das könnte Creepy Castle sein! Das Anwesen liegt ganz in der Nähe von Frenzy Farm. Die Szene ist in Nebel getaucht, daher erkenne ich nur schemenhaft – Grabsteine. Mir wird gleichzeitig heiß und kalt. Ich trete noch einen Schritt näher und schiebe meine Brille zurecht, um besser sehen zu können. Ich fixiere das Bild und finde drei offene Gräber vor … auf den Grabsteinen stehen Namen: Lenny, Levi und Harry!

FÜNF

Es ist kurz vor sieben Uhr morgens. Ich war die ganze Nacht wach und habe gegoogelt, um herauszufinden, was mit den Kids passiert sein könnte. Im Netz kursieren eine ganze Menge Schauergeschichten und Verschwörungstheorien rund um dieses neue Creepy Castle. Handfeste Fakten habe ich keine gefunden.

Jetzt liege ich ausgestreckt und immer noch vollständig angezogen auf dem Boden meines Gaming-Raums. Ich muss nachdenken. Das kann ich am besten im Liegen. Was soll ich tun? Die Kids sind weg. Wahrscheinlich durch die offenen Gräber ins Videospiel gefallen. Absurd! Kann das sein? Nein, kann es nicht. Soll ich die Polizei verständigen? Das sind doch noch Kinder. Bei Kindern reagieren die sofort. Wer weiß? Vielleicht sind sie entführt worden! Aber wie soll das passiert sein? Die Wohnung ist abgeschlossen und liegt im vierten Stock. Versteckt haben sie sich auch nicht. Ich habe alles abgesucht. Vielleicht sind sie abgehauen? Nein, alles ist automatisch gesichert. Ab Mitternacht kommt man hier weder rein noch raus, ohne dass ich es mitkriege. Die Überwachungskameras habe ich auch überprüft. Da war nichts. Die Neffen haben sich in Luft aufgelöst. Kati bringt mich um, wenn sie ihre Zwillinge morgen Abend nicht wiedersieht! Und Greg, mein Bruder, wird auch ausflippen.

Plötzlich ertönt mein Handy-Klingelton. Ich schrecke

hoch. Mein Smartphone liegt auf dem Schreibtisch. Das muss Kati sein, die kontrollieren will, ob wir noch schlafen. Ich schaue auf das Display des Telefons. Jemand ruft anonym an. Sind das die Entführer der Jungs, die das Lösegeld einfordern wollen? Soll ich lieber nicht rangehen?

Ich nehme allen Mut zusammen und den Anruf entgegen: »Hallo?«

»Halloooo?«, erklingt eine sehr dunkle Frauenstimme. Die 2,6-Millionen-Abonnenten-schwere YouTuberin ruft mich an. Wie verabredet.

Ich bin sofort hellwach: »In deinen Videos klingst du ganz anders«, bemerke ich beiläufig.

»Für meine Videos verwende ich einen technischen Aufheller«, erklärt sie. »Wenn die Kids wüssten, wie dunkel meine Stimme wirklich ist, würden sie schreiend davonlaufen. Helle Frauenstimmen wirken vertrauenswürdiger.«

Ach so. Das war mir nicht bekannt.

Es entsteht eine kleine Pause. Jetzt muss ich etwas sagen, aber mein Kopf ist wie leer. »Du, Sissy, Sondra, äh, Leber ... sorry, aber ich kann gerade nicht mit dir sprechen. Ich muss ... Ich habe ...« Dann bricht es aus mir heraus: »Es ist etwas Schreckliches geschehen, und ich kann gar keinen klaren Gedanken fassen. Ich ...«

»Was ist passiert?« Sie kommt sofort auf den Punkt.

Ich zögere. Warum nicht sagen, was ist? Wir kennen uns zwar kaum, aber sie ist Fortnite-Profi wie ich. Warum soll ich ihr nicht erzählen, was den Neffen zugestoßen ist? Entfernt betrifft es sie vielleicht auch, das Creepy-Castle-Problem. Kurz schildere ich meine Beobachtungen.

Leberwurst in Aspik versinkt in ein grüblerisches Schweigen.

»Bist du noch da?«, frage ich.

Sie antwortet: »Hast du die Geräte überprüft? Vielleicht haben deine Neffen die Session gestreamt, auf Twitch oder YouTube. Vielleicht kannst du nachverfolgen, was gelaufen ist, bevor das Bild auf den Monitoren eingefroren ist.« Sie denkt kurz nach: »Aber bevor du irgendwas veränderst, mach Screenshots. Alles dokumentieren. Das brauchen wir vielleicht noch.« Sie spricht schon von »wir«, hat den Fall zur Chefinnensache erklärt. Gute Ideen hat sie auch.

Ich setze mich auf einen der Stühle, auf denen vor wenigen Stunden noch die Kids gehockt haben, und erstelle einen Screenshot von dem Bild auf dem Monitor. Das Autokino, die Leinwand mit dem Creepy Castle und den Grabsteinen mit den Namen drauf. Alles speichere ich ab.

Dann schaue ich mir den Internetbrowser genauer an. Tatsächlich haben die Jungs ihre letzte Runde auf Twitch gestreamt. Das machen sie inzwischen nur noch selten und just for fun. Viel Publikum haben sie nicht. Sie folgen einander gegenseitig, und ein paar Freunde haben ihre Kanäle abonniert. Auf viel mehr als zwanzig Abonnenten kommt allerdings keiner. Es schmälert die Freude der Jungs erheblich, dass es einfach nicht mehr werden. »Jetzt müsst ihr das eisern durchziehen«, predige ich immer. So habe ich schließlich auch mal angefangen. Von nichts kommt nichts. Ich würde ja etwas Werbung für sie machen, aber das wollen sie nicht. Sie wollen es aus eigener Kraft schaffen. Das finde ich gut.

»Oha! Der Stream läuft sogar noch«, berichte ich Sondra aufgeregt.

»Hm … Niemand hat ihn gestoppt?«, fragt sie.

»Als ob sie entführt worden wären. Das ist alles sehr seltsam.« Ich beende den Stream und springe zurück zum Anfang des Videos. Der übliche Einstieg. Wahl der Skins, alles wie immer. Der Schlachtenbus schwebt über der Fortnite-Map, einer nach dem anderen springt raus, saust der Insel entgegen. »Anscheinend haben sie sich für Frenzy Farm entschieden«, gebe ich meine Eindrücke weiter.

Frenzy Farm ist ein Bauernhof südlich von Craggy Cliffs und westlich von Dirty Docks. Die Farm besteht aus einem großen Bauernhaus, Kornfeldern, Scheunen, Hütten, Ställen und zwei Silos. Frenzy Farm war auch die Location für die Fortnitemares damals zu Halloween. Es gab etwas Ärger um Frenzy Farm, denn viele Spieler haben sich über einen Glitch beschwert. Das ist ein kleinerer Fehler in der Programmierung, der zu einer Störung im Spiel führt. Bei Frenzy Farm hat der Glitch zur sofortigen Vernichtung von Spielern geführt. Aber das hat das Team bei Epic Games schnell in den Griff bekommen.

»Es sieht so aus, als hätte sich Frenzy Farm in eine Western-Stadt verwandelt«, erzähle ich weiter. Wilder Westen bedeutet altmodische Waffen: Revolver, Schrotflinten, Jagdgewehre, Dynamit und solches Zeug.

»Ah, geht fit! Kein moderner Schnickschnack. Keine Sturmgewehre, keine Miniguns, keine Raketenwerfer. Stattdessen Calamity- und Deadfire-Skins. Das find ich gut«, schwärmt Sondra.

Auch ich mag das. Ich lasse den Stream weiterlaufen. Gemeinsam verfolgen wir die wahrscheinlich letzte Fortnite-Runde meiner Neffen. Ich kann es selbst kaum glauben, dass sie verschwunden sind. Nein, das kann nicht das Ende sein! Das darf es nicht sein!

SECHS

Kaum sind die Jungs in Frenzy Farm gelandet, verwandelt sich die Location von bunt in schwarz-weiß. Ich fühle mich an einen uralten Western mit John Wayne in der Hauptrolle erinnert. »Sie töten für Gold« von 1934 oder »Fest im Sattel« von 1944. Kann man heute alles auf YouTube ansehen. Aber macht natürlich kein Jugendlicher. Daher finde ich es sehr gewagt, dieses Schwarz-Weiß-Western-Thema bei Fortnite aufzugreifen. Das Spiel lebt doch von der bunten Comic-Graphik.

Frenzy Farm ist wie ausgestorben. Die Straße vor dem Hauptgebäude ist staubig. Die Sonne brennt. Flirrende Hitze. Die Jungs in ihren modernen, doch nun ebenfalls schwarzweißen Skins sehen aus wie Aliens in diesem altmodischen Setting. Sie sind wieder als Funk Ops, Fishstick und Grimbles unterwegs. Ein Mädchen im Calamity-Skin fährt auf einer Pferdekutsche vorbei. Sie trägt einen schwarzen Cowboyhut, ein bauchfreies, weißes Oberteil und knappe Hotpants. Ihre halblangen Haare sind hell, vielleicht rosa, aber das erahne ich nur, und ihre nackten Beine stecken in Cowboystiefeln. Die Neffen und sie tauschen argwöhnische Blicke. Staub wirbelt hoch.

»Hey, ihr da!«, ruft das Calamity-Weib. »In euren albernen Skins. Ihr verschwindet besser. Hier wird es gleich ungemütlich. Curly Tucker ist aus dem Gefängnis freigekommen, und er hat geschworen, sich an den Bewohnern von Frenzy Farm zu rächen.«

Im Hintergrund höre ich, wie die Jungs einen Lachflash bekommen.

»Das ist jetzt nicht wahr, oder? Gleich wird's ungemütlich«, äfft Lenny sie nach.

»Curly Tucker??? Wer denkt sich so einen blöden Namen aus?«, stimmt ihm Levi zu.

Das Cowgirl verzieht verächtlich das Gesicht: »Euch wird das Lachen schon noch vergehen.« Sie gibt dem muskulösen Rappen einen leichten Klaps mit der Peitsche und schnalzt. Das Pferd beschleunigt sein Tempo, und schon ist das Gefährt außer Sichtweite.

Die Jungs schauen sich um. Sie warten unschlüssig neben einem Maisfeld. Aus der Entfernung hören sie das Getrappel galoppierender Pferde. Eine Staubwolke ist am Horizont zu erkennen. Mehr nicht. Das muss Curly Tucker sein. Mit seiner ganzen Bande.

»Wir müssen uns Waffen besorgen«, bricht Harry das Schweigen. Auf der Suche nach Gewehren und Dynamit laufen sie auseinander. Einer rennt zum Haupthaus, ein anderer macht sich auf den Weg zu den Silos und der Dritte zur Scheune.

»Stop!«, ruft Lenny. »Lasst uns zusammenbleiben.«

»Am besten laufen wir gemeinsam zur Scheune. Dort gibt es immer Ressourcen«, schlägt Levi vor.

Doch dafür ist es zu spät. Das Geräusch der Hufen ist verdammt nah. Lenny gibt den anderen ein Zeichen. Mit einem Hechtsprung retten sich die drei ins Maisfeld und tauchen zwischen den mannshohen Maisstauden unter.

Plötzlich ist alles still. Die Pferde sind nicht mehr zu hö-

ren. Sind die Banditen von der Straße abgebogen und haben sich in dem Wäldchen hinterm Haus versteckt? Etwa um sich einen Überblick zu verschaffen? Bevor sie die Farm stürmen?

Lenny dreht sich zu den anderen um und hält sich den Zeigefinger an den Mund. Pst! Sie lauschen. Nichts. »Wir schlagen uns zur Scheune durch«, wispert er.

Die Scheune steht unmittelbar neben dem Maisfeld. Im Schutz der Stauden erreichen sie die Scheune. Geduckt schleichen sie sich durch das Tor. Der Innenraum ist voller Stroh. Die Jungs werden von einem leisen Gewieher begrüßt. Etwa zehn Pferde stehen angebunden in ihren Boxen und fressen Heu. Eine Leiter führt nach oben auf den Heuboden. Die Neffen klettern hinauf und entdecken eine golden leuchtende Schatztruhe. Levi schlägt mit seinem Erntewerkzeug darauf ein, und zum Vorschein kommen sechs Pistolen, drei Revolvergürtel und massenhaft Munition. Die Kids bedienen sich.

Mit einem Mal hören sie, wie irgendwo draußen eine Fensterscheibe zu Bruch geht. Sie sind definitiv nicht mehr allein.

Harry späht vorsichtig durch eine Luke und sieht vier düstere Gestalten von hinten, die breitbeinig auf das Farmhaus zuschlendern. »Sie sind da«, flüstert er aufgeregt.

Curly Tucker und seine Kumpels tragen Deadfire-Skins. Sie sehen wie Vierlinge aus, alle gleich, komplett in Schwarz gekleidet. Ihre Halstücher haben sie über die Nasen gezogen. Gegen den Staub? Oder um bei ihren Missetaten nicht erkannt zu werden? Ihre Hosen haben Lederbesatz an den Hintern. In den Händen halten sie Pistolen, 45er-Colts und Berettas. Die rauchen beim Schießen wie blöd und machen richtig viel Krach.

Harry zeigt sich an der oberen Öffnung der Scheune. »Tucker!«, schreit er über den Platz. Typisch Harry! Jeder andere hätte die Bande einfach von hinten erlegt, aber Harry gibt ihnen noch eine Chance. Altes Cowboy-Gesetz: Niemals einen von hinten erschießen. Sonst ist es Mord, und du endest am Galgen.

»Bist du dumm oder was? Warnst die Typen auch noch«, knurrt Levi.

Die vier Wüstlinge drehen sich ruckartig um und fangen dann sofort an zu feuern. Auch die Jungs ballern drauflos. Einer von den Banditen geht zu Boden und wird im nächsten Moment wegteleportiert. Saubere Arbeit!

»Menno, jetzt wissen die doch, wo wir sind«, keucht Lenny und klatscht sich mit der flachen Hand gegen die Stirn. Er wirft Harry einen bösen Blick zu.

»Na und«, entgegnet Harry. »Ich habe es satt, mich immer nur zu verstecken. ICH KANN AUCH SNIPEN!« Vorsichtig lehnt er sich vor und lugt nach unten. Ein Deadfire rennt über die Straße in Richtung Scheune und sucht Schutz hinter einer abgestellten Kutsche. Es fallen weitere Schüsse. Die treffen aber nur den Scheunenpfosten, hinter dem sich die Neffen versteckt haben. Kleine Splitter fliegen. Harry beugt sich vor, schießt, zuckt gekonnt zurück, verschanzt sich, lehnt sich wieder vor und schießt.

»Jetzt sind es nur noch drei«, bilanziert Lenny. »Wir sind auch drei. Also bitte. Mit denen werden wir doch wohl fertig.«

Die Jungs halten nach allen Richtungen Ausschau. Der Bandit gibt sein Versteck hinter der Pferdekutsche auf und

rennt geradewegs auf das Scheunentor zu. Zeitgleich schießen die anderen beiden Komplizen auf den Heuschober. Die Jungs schießen zurück. Der Fiesling erreicht das Innere der Scheune und durchsiebt mit seiner Beretta wahllos von unten die dünne Heuschoberdecke, auf der die Jungs hocken. Staub und Sägespäne fliegen hoch. Die Pferde wiehern aufgeregt. Lenny schaut vorsichtig durch ein Loch im Boden nach unten. Er sieht den Fiesling auf der Leiter, die nach oben führt. Lenny kommt aus der Deckung und feuert mehrere Schüsse ab. Er trifft den Halunken in die Brust. Dieser sackt zusammen und löst sich in Fortnite-üblicher Manier auf.

Plötzlich fliegt ein Wurfgeschoss durch die Luft und landet auf dem Betonboden direkt neben den Pferdeboxen. Die Pferde werden panisch und zerren an den Seilen, mit denen sie festgebunden sind. Das Wurfgeschoss entpuppt sich als Petroleumlampe. Das Unterteil ist mit Brennstoff gefüllt, dem Petroleum. Ein Docht mit einer Flamme ragt aus dem Gefäß heraus. Das Glas um die Flamme herum schützt sie vor einem Luftzug. Nicht mal richtiges Dynamit haben Curly Tuckers Leute mitgebracht. Mit Petroleumleuchten wollen sie die Scheune abfackeln. Wie armselig.

Die Lampe raucht ein wenig, aber die Flamme erlischt ziemlich schnell. Puh! Noch mal gut gegangen. Lennys Blick fällt auf die Pferdetränke und den Eimer daneben. Wasser scheint es keines zu geben. Bei einem Brand könnten sie nicht viel machen. Sie würden entweder verbrennen oder von Schüssen durchsiebt werden.

Eine zweite Petroleumlampe fliegt durch die Luft. Diesmal allerdings landet sie auf einem der Strohhaufen. Ein Gauner schießt auf das Schutzglas, das zerspringt. Die Flamme des Dochts entzündet prompt das Stroh. Innerhalb kürzester Zeit brennt die Scheune. Es räuchert enorm. Die Pferde sind völlig außer sich, wiehern und bäumen sich in ihren Boxen auf.

»Wir müssen die Pferde retten!«, ruft Harry. Eilig steigt er die Leiter hinunter und bindet die Tiere los.

Levi und Lenny helfen ihm dabei. Die Pferde rasen los. Die Jungen springen auf die Rücken der aufgescheuchten Tiere und galoppieren durch den dichten Rauch hinaus ins Freie. Die Deadfire-Skins springen zur Seite, um nicht überrannt zu werden. Schießend laufen sie hinter ihnen her. Allerdings ohne Erfolg. Die Neffen sind schon auf und davon.

Als Frenzy Farm weit hinter ihnen liegt, geht den Tieren die Puste aus.

»Brrr!« Lenny zieht an dem Strick und bringt sein Pferd zum Stehen. Er steigt ab.

Levi und Harry machen es ihm nach. Die schwarz-weiße Western-Optik ist nun einer gruseligen, dunkellila Vollmond-Nacht gewichen. Ein paar dunkle Wolken ziehen vorbei. Die Nadelbäume werfen lange Schatten. Das Gras wächst hier kniehoch. Augenblicklich senken die Pferde die Köpfe und fangen an zu fressen.

Die Jungs stehen vor einem Schloss mit hohen Türmen. Mondlicht fällt auf die Gesichter der Kids.

»Das muss Creepy Castle sein«, haucht Levi ehrfurchtsvoll.

Lenny tuschelt: »Dort wartet Tommy Glitter auf uns!«

»Wer zum Donner ist Tommy Glitter?«, fragt Levi.

»Der Geist des verunglückten YouTubers. Wollte ich euch

alles erzählen, aber ihr wart schon eingeschlafen«, erklärt Lenny.

»Leute! Creepy Castle!!! Wir sollten doch nicht …«, protestiert Harry.

»Nein, sollten wir nicht«, bekräftigt Levi.

»Lasst uns woandershin reiten«, fleht Harry, »ich hab ein ganz ungutes Gefühl.«

Doch die Pferde sind schon weitergezogen. An Rückzug ist nicht zu denken. Das Schloss übt eine magische Anziehungskraft auf die Kinder aus. Levi läuft mutig voraus. Der Boden unter seinen Füßen ist schlammig. Erst spät bemerkt er, dass sie sich auf einem Friedhof befinden. Um sie herum stehen alte Grabsteine. Einige sind stark verwittert, viele sind abgesackt oder schief.

»Ich will weg. Das ist mir zu gruselig!«, jammert Harry.

Ein dichter Nebel zieht auf. Plötzlich schwirren Hunderte kleiner Fliegen über ihren Köpfen. Lenny schlägt nach ihnen. Harry zieht sich seine Grimbles-Mütze tiefer ins Gesicht, und Levi …?

Der sumpfige Grund unter seinen Füßen gibt nach. Langsam versinkt er im weichen Morast. »Hilfe! Helft mir!« Levi dreht sich verzweifelt nach den anderen um.

Harry und Lenny laufen zu ihm und wollen nach seinen Fishstick-Armen greifen. Dabei verlieren sie den Halt. »AHHHHH!« Das Erdreich unter ihnen gibt nach, und die drei versinken, bis sie nicht mehr zu sehen sind. Erschütternd! Dann verzieht sich der Nebel, und übrig bleibt nur ein Loch. Davor stehen die Grabsteine mit ihren Namen: Lenny, Levi und Harry. Dann stoppt das Video.

SIEBEN

Wie schon beim ersten Mal, als ich das Standbild auf dem Computer entdeckt habe, schüttelt es mich. Was so lustig und unverfänglich als Spiel begonnen hat, ist nun bitterer Ernst geworden. Hätte ich doch bloß besser auf die Jungs aufgepasst! Ich wünschte, ich könnte die Uhr zurückdrehen. Wenn ich geahnt hätte, wie gefährlich das Videogame wirklich ist, hätte ich es von sämtlichen Geräten gelöscht. Aber nun ist es zu spät. Meine Reue ist grenzenlos.

Auch auf Sondra verfehlt die Schilderung ihre Wirkung nicht. »Kraaass!«, sagt sie gedehnt. Ihre Stimme am anderen Ende des Telefons ist noch dunkler als sonst. »Du sitzt richtig heftig in der Klemme. Ich wette, das ist wieder so ein Glitch.«

»Ein Glitch, der drei Jugendliche wie vom Erdboden verschwinden lässt?«, frage ich ungläubig.

»Diese Programmierfehler bei den Fortnitemares sind nicht ohne. Das ist in der Öffentlichkeit gar nicht so bekannt. Klar, sonst würde ja keiner mehr Fortnite spielen. Eltern würden sämtliche Gaming-Geräte einkassieren. Logisch! Ich habe gehört, dass beim letzten Mal nicht nur Skins verschwunden sind, sondern mit ihnen auch ein paar Gamer. Das soll so ein ›paranormales Phänomen‹ sein.«

Ein paranormales Phänomen? Also was Übernatürliches? Wer glaubt an diesen Schwachsinn? Ich sollte einfach am besten die Polizei rufen. Drei Minderjährige sind spurlos verschwunden. Irgendetwas muss geschehen, und zwar schleunigst. Ich brauche Hilfe. Paranormalität hin oder her.

Aber dann fällt mir ein, dass ich kürzlich an einem Zeitungskiosk vorbeigeradelt bin und dabei die Schlagzeile eines der Käseblätter aufgeschnappt habe: »Drei Viertel der Videospieler erleben paranormale Begegnungen«. Das hatte ich für einen schlechten Witz gehalten. Drei Viertel? Das ist viel. Warum gab es in meinem Bekanntenkreis niemanden, dem so was schon mal passiert war? Als ich später in einen Zug gestiegen bin, lag dort ausgerechnet dieses Magazin auf dem Sitz, den ich reserviert hatte. Was für ein Zufall. Ich habe mir den Artikel durchgelesen. Absolut haarstäubend. Nach einer angeblich repräsentativen Umfrage erleben drei von vier Videospielern mindestens einmal im Leben ein Ereignis, das ins Reich der Parapsychologie gehört, zum Übersinnlichen. Meist sind es Geistererscheinungen in Spielen mit alten Kirchen, Klöstern und Friedhöfen oder Kriegsschauplätzen.

Sondra erzählt mir alles, was sie weiß: »Ich glaube, es begann mit einer dieser Werbemaßnahmen. Du weißt schon, um Fortnite mal wieder in die Medien zu bringen. Eine Team-Building-Maßnahme für YouTuber auf einem Kreuzfahrtschiff in der Arktis oder eine Meisterschaft bei einer Bergwanderung auf dem Mount Everest. Um uns bei Laune zu halten.«

»Ja, ist mir schon klar. Wobei ich mich immer gewundert habe, wie das technisch möglich sein soll. Schnelles Internet mit optimalem Ping auf fünftausend Metern Höhe? Wie soll das gehen? Bestenfalls Bambusleitung.«

»Nicht nur das.« Sondra senkt die Stimme. »Es heißt, dass dabei schon einiges schiefgegangen sein soll. Sagt dir der Name Tommy Glitter was?«

»Meinst du den YouTuber mit Tourette-Syndrom?« Tommy war dafür bekannt, dass er während des Spiels unkontrolliert Tiergeräusche nachahmte. Dafür konnte er nichts, hieß es. Tourette ist eine Nervenkrankheit, die die Betroffenen Dinge sagen und tun lässt, die sie gar nicht sagen und tun wollen.

»Genau den meine ich. Der hatte gar kein Tourette. Das haben nur alle vermutet. Sein YouTube-Kanal ist von heute auf morgen gelöscht worden, und keiner weiß, warum. Da gibt es nur Gerüchte. Er war mit zwei Freunden und zwanzig weiteren YouTubern bei einer Team-Building-Maßnahme, einer Bergwanderung auf dem Kilimandscharo, dem höchsten Berg in Afrika. Tommy und seine Freunde haben sich verirrt. Alles deutet darauf hin, dass sie in eine Gletscherspalte gefallen sind. Ihre Leichen sind nie gefunden worden.«

Die Story klingt grauenhaft. Ich war auch schon oft zu diesen YouTuber-Events eingeladen. Da ich leidenschaftlicher Snowboarder bin, war ich auch sehr in Versuchung mitzufahren. Ich liebe Berge und Schnee. Allerdings haben mir die Termine nie richtig gepasst. »Was willst du denn jetzt damit sagen? Dass Tommy Glitter und seine Kollegen keine Ruhe finden und bei Fortnite herumspuken? Hm, meinst du etwa, sie entführen Gamer wie meine Neffen, saugen sie ins Spiel ein und lassen sie nicht mehr ins wirkliche Leben zurück? Weil Tommy so auf sich aufmerksam machen will, damit wir sie suchen und alle dort unten rausholen?«, frage ich.

»Genau das! Damit wir sie finden und Tommy eine ordentliche Bestattung bekommt«, vermutet Leberwurst in Aspik.

Ich habe ja nichts dagegen, wenn mir diese armen Teufel beim Fortnite-Spielen begegnen, aber wenn sie meine Neffen als Geiseln nehmen – das geht nun wirklich zu weit. Ich klammere mich an Sondras Theorie. Eine andere Erklärung gibt es bislang nicht.

»Meine Geschwister bringen mich um, wenn ihre Kinder nicht bis morgen Abend wieder da sind«, sage ich tonlos.

»Dann müssen wir uns auf die Suche machen! Was für ein Abenteuer«, jubelt Sondra. Sie ist völlig aus dem Häuschen.

»Aber wie?«, frage ich.

»Überlass das mal mir«, antwortet Sondra und beendet das Telefonat.

Ich schaue auf die Uhr. Es ist halb neun. Mir bleiben noch knapp anderthalb Tage. Dann werden mein Bruder und Kati bei mir auf der Matte stehen. Bis dahin muss ich die Jungs wiedergefunden haben. Sonst habe ich ein schweres Problem.

ACHT

Leberwurst in Aspik sitzt auf meinem Gaming-Stuhl. Nie hätte ich gedacht, dass ich das mal erleben würde. Eine megaerfolgreiche Gaming-YouTuberin ist bei mir zu Hause! Sie hat sich für mich freigeschaufelt und ihre Managerin gebeten, alle Termine am Wochenende zu verschieben oder abzusagen. Die Rettung der Neffen hat auch für sie oberste Priorität. Glück im Unglück – für mich!

Sondra trägt einen kurzärmeligen, khakifarbenen Cargo-Anzug und sieht darin umwerfend aus. Als müsste sie nur kurz ihren Hubschrauber reparieren und würde dann gleich damit wegfliegen. Ich weiß nicht, wie sie hergekommen ist. Vielleicht parkt auf meinem Dach ein Fluggerät? Aber nein, das hätte ich gemerkt.

Über ihrem rechten Ellenbogen entdecke ich ein zartes Tattoo, irgendeine mathematische Formel, aber spiegelverkehrt. Darauf muss man erst mal kommen.

Fachmännisch oder, vielmehr, fachfraulich – dieses Wort gibt es im Duden noch nicht, ich weiß – schaut sie sich mein Equipment an. »Wie geil, du hast ja sogar einen Behringer XENYX 302USB 5-Input Mixer. Wie kommst du damit zurecht?« Sie wartet nicht auf eine Antwort. »Ich hatte früher auch das Rode NT-1A Großmembran-Kondensator-Mikrophon. Hab dann aber zum SL600 MK2 gewechselt. Ich nehme manchmal Musik auf. Deswegen musste was Besseres her.«

Wahnsinn! Ich habe noch keine Frau getroffen, die ein besseres Mikro hatte als ich. Sondra ist wirklich mega. Das wird mir immer klarer. Ich nicke zustimmend – und denke insgeheim darüber nach, mir ein besseres Mikro anzuschaffen.

Plötzlich klingelt es an der Wohnungstür. Ich schaue sie fragend an. »Kommt noch jemand?«

»Ach so, ja, das ist Becky«, erklärt Sondra. »Doktor Becky Nefedor, eine meiner besten Freundinnen und zufällig auf Parapsychologie spezialisiert. Sie arbeitet in der Abteilung für Paranormalität in Videogames bei der Kriminalpolizei Ost-Westfalen. Ich hab sie gebeten, uns zu helfen.« Sondra springt vom Stuhl auf und läuft zur Tür. Ich hatte keine Ahnung, dass es so eine Abteilung überhaupt gibt. Klingt fast wie bei den Ghost Busters.

Zurück kommt sie mit einer Frau, die ihren Körper unter einem schwarzen, wallenden Kleid verbirgt. Die glatten, lilagefärbten Haare fallen ihr bis zum Po. Die Fingernägel hat sie schwarz lackiert und auf den Lippen einen schwarzdunkelroten Lippenstift aufgelegt. Ich sehe gleich, das ist nicht nur ein New-Romantic-Gruftie-Fimmel. Sie meint es ernst. Was sie beruflich macht, die Geisterjagd, das lebt sie auch. Eine gute Voraussetzung, mein Neffen-Problem zu lösen.

»Hallo, ich bin Stan«, begrüße ich sie und strecke ihr die Hand entgegen.

Aber Frau Doktor Becky Nefedor beachtet mich gar nicht, sondern läuft grußlos an mir vorbei zu meinem Gaming-PC. Sondra sendet mir einen aufmunternden Blick.

Ich werde hier wohl nicht gebraucht und laufe in die Küche, um etwas zum Trinken zu holen.

Sondra und Becky haben inzwischen ihre Köpfe vor dem Computer zusammengesteckt. Becky hat sich eine Lesebrille mit sehr dicken Gläsern aufgesetzt und tippt heftig auf meinem Keyboard herum. Hoffentlich macht sie es nicht kaputt. Sie prüft den Video-Stream der Neffen. Mit dem Cursor fährt sie die Bilder hin und her. Sie vergrößert Bildausschnitte, prüft sie und legt verschiedene Filter auf.

Erst sehen wir die Videoausschnitte wie durch ein Nachtsichtgerät. Was dunkel und unkenntlich war, nimmt Konturen an und leuchtet grünlich. Sie wechselt den Filter, und die Bilder bekommen die Farben einer Wärmebildkamera. Die Neffen schimmern rot, die Hintergründe blau. Becky schiebt ihre Brille auf der Nase abwechselnd hoch und runter. Dann dreht sie sich zu mir um und, damit hatte ich gar nicht mehr gerechnet, und spricht mich an: »Es tut mir sehr leid, aber das vorliegende Material reicht nicht aus. Ob es sich wirklich um ein paranormales Phänomen handelt und wie deine Neffen ins Spiel geraten sind –, ob durch einen Glitch oder fehlgeleiteten Bot … ich weiß es nicht.«

Sondra spricht wie ein fleischgewordener Wikipedia-Eintrag: »Unter einem Bot versteht man ein Computerprogramm, das weitgehend automatisch sich wiederholende Aufgaben abarbeitet, ohne dabei auf eine Interaktion mit einem menschlichen Benutzer angewiesen zu sein.«

»Ich weiß, was ein Bot ist«, erwidere ich. Halten mich diese Girlies für einen totalen Technik-Noob oder was? Dabei habe ich sogar im IT-Bereich gearbeitet, jahrelang und so richtig mit Festanstellung. Ich fühle mich verhöhnt und will abermals den Raum verlassen.

»Warte«, ruft Becky, »ich bin noch nicht fertig.« Erst jetzt entdecke ich, dass sie eine feste Zahnspange trägt, eines dieser Folterinstrumente, um im fortgeschrittenen Alter eine Fehlstellung zu korrigieren. Becky nimmt die Brille ab und kaut an einem Brillenbügel, während sie nachdenkt. Eine ekelhafte Angewohnheit. »Wir müssen das vor Ort klären, also im Videospiel selbst. Ihr müsst mit euren Körpern in die Hülle der Skins schlüpfen und in das Spiel eintauchen. Das ist unsere einzige Chance. Allerdings ist es sehr riskant. Vielleicht findet ihr die Kids, schafft es aber nicht, wieder als Menschen in die Realität zurückzukommen. Ihr würdet bis auf weiteres im Fortnite-Spiel stecken bleiben. Wärt ihr dazu bereit?«

Ich bin mir nicht sicher. Das klingt alles sehr unwirklich.

»Ihr beide müsst nach Creepy Castle und euch von diesen Gräbern einsaugen lassen. So wie die Kinder verschwunden sind, so taucht auch ihr mit euren echten Körpern in eine untere Ebene des Videospiels ein. Mit viel Glück könnt ihr die Jungs befreien, und ich hole euch alle in die Wirklichkeit zurück. Wir müssen schnell sein, denn wenn der Sturm kommt oder die Programmierer von Epic Games den Quellcode verändern, habe ich keine Möglichkeit mehr, an euch ranzukommen.« Becky denkt nach. Dann fährt sie fort: »Ich gebe euch ein paranormales Serum mit. Das müsst ihr den Neffen verabreichen. Es ist ein Anti-Spuk-Serum. Das entfaltet aber nicht immer haargenau die gleiche Wirkung. Meist verändert es die Größe. Von Klein auf Groß oder von Groß auf Klein. Außerdem wird das Serum über die Haut ausgeschwitzt und wirkt auf die Geister abstoßend. Vergleichbar mit einem Beutel Katzenhaare, den man unter die Motorhaube hängt, um Marder loszuwerden. Damit sie einem nicht mehr die Autoschläuche kaputt beißen.«

Mir wird das alles zu viel. Anti-Spuk-Serum? Das ist doch Bullshit. Nein, das mache ich auf gar keinen Fall mit.

»Ich finde den Plan sehr überzeugend«, flötet hingegen Sondra. »Aber glaubst du wirklich, wir können das schaffen? Und was ist, wenn nicht?«

»Ich will ehrlich zu dir sein.« Becky setzt die Brille wieder auf, und ihre Augen sehen wieder groß und glubschig aus. »Das Serum ist noch sehr neu und bisher nicht an Menschen getestet worden. Tierversuche – ja. Da waren die Ergebnisse sehr gemischt. Bei Schweinen hat es gut funktioniert. Aber bei einem Orang-Utan, das ist die Affenart, deren Erbgut dem unseren am ähnlichsten ist, hat es nicht gewirkt. Wollt ihr es trotzdem wagen?«

Becky lockert gedankenverloren den Schal, den sie um den Hals geschlungen trägt. Mein Blick fällt auf eine ziemlich auffällige Brandnarbe an ihrem Hals. Diese Art von Verletzung kommt mir bekannt vor. Eine Klassenkameradin aus der Grundschule hatte auch solche Verbrennungen.

»Hast du als Kleinkind einen Topf kochendes Wasser vom Herd gezogen?«, frage ich vorsichtig.

Becky nestelt an ihrem Schal. »Ach, das! Nein, das habe ich mir bei einer Dämonenaustreibung geholt. 2014 in Kaliningrad. Die Russen wussten nicht mehr weiter und haben uns um Amtshilfe gebeten. Ich war damals Inspektoren-Anwärterin bei den Paranormalen, wollte mir etwas Praxis raufschaffen. Mein Ausbilder hielt große Stücke auf mich und ließ mich selbständig arbeiten. Leider war ich nicht schnell genug. Eine Stichflamme hat mich erwischt. Vier Monate lag ich im Krankenhaus. Danach ging bei mir gar nichts mehr. Deswegen bin ich auch in die Abteilung für Paranormalität in Videogames bei der Kripo Ost-Westfalen gewechselt. Ich dachte, dort ginge es etwas gemäßigter zu. Mit Geistern ist echt nicht zu spaßen. Daher noch mal meine Frage: Traut ihr euch das zu?«

Mir wird ganz anders. Ich schaue Sondra an.

»Ich würde das machen!«, ruft sie, und ihre Augen leuchten. Leberwurst ist nicht mehr in Aspik, sondern: in Abenteuermodus. »Komm, sei kein Honk«, überredet sie mich. Dabei schaut sie mich von unten nach oben an, klimpert mit den langen Wimpern und verzieht die Lippen zu einem kleinen, niedlichen Schmollmund. »Sonst mach ich das allein!«, drängt sie.

Das kann ich natürlich auf keinen Fall zulassen. Eine Frau begibt sich für meine Familie in Gefahr, kommt womöglich darin um, und ich mache nichts? Dazu bin ich zu sehr Ehrenmann. »Na gut«, sage ich matt, »du hast mich. Ich bin dabei.«

»Hamma!« Sondra jubelt, und Becky zieht ihr zeltartiges Kleid hoch. Darunter kommen ein paar schwarze, blickdichte Leggings zum Vorschein, und unterhalb ihres Bäuchleins hängt eine Tasche, die sie sich um die Hüfte geschnürt hat. Sie gibt mir drei Ampullen mit einer Flüssigkeit. Dann überlegt sie und gibt mir noch zwei weitere. »Euch beiden gebe ich auch noch jeweils eine Portion mit. Sicher ist sicher. Wenn ihr die Neffen gefunden habt, brecht ihr einfach die Verschlüsse ab und lasst sie das Serum trinken. Ihr beide müsst das auch machen. Vorsichtshalber.«

Ich will die Glasröhrchen in meine hintere Hosentasche stecken.

»Nein, bist du verrückt?! So nicht!!!«, ruft Becky. »Die gehen doch kaputt, wenn du dich draufsetzt!«

Nichts kann ich ihr recht machen.

Sondra nimmt mir das Serum ab und steckt es in ihre South-Faith-Bodybag. Nun kann es losgehen.

NEUN

Sondra und ich sind bereit für ein paranormales Abenteuer. Sie verabschiedet sich von Lolek und Bolek und streichelt ihnen über die Köpfchen. Die Hündchen haben sich auf einem Gaming-Stuhl aneinandergekuschelt. Becky pflanzt sich auf den vierten Gaming-Stuhl und nestelt an Harrys Smartphone herum. Sie nimmt eine Art Stethoskop aus ihrer Bauchtasche. Was da alles reinpasst! Ein Stethoskop ist ein Gerät zum Abhören von Herz und Atemwegen. Vorzugsweise von Ärzten verwendet. Manchmal aber auch von Bankräubern, die einen Safe mit Zahlenschloss knacken wollen. Becky steckt sich die kleinen Stöpsel in die Ohren und legt das Abhörteil auf das Smartphone. Was will sie herausfinden? Ich wundere mich inzwischen über nichts mehr.

Sondra stellt übers Internet eine direkte Leitung zum Entwicklerteam von Epic Games her. Wie macht sie das bloß? Ich kann nicht hören, was die Typen auf der anderen Seite sagen. Sie kommuniziert mit ihnen über den Kopfhörer. Anscheinend will sie sicherstellen, dass die Jungs und Mädels in North Carolina nicht am Quellcode rumfummeln, während wir in die untere Ebene des Spiels abtauchen. Sie pflegt einen sehr vertraulichen Ton mit einem Techniker von Epic. »Well, I want you to make sure that you don't work on any glitches while we are down there, alright?« Sie spricht fließend Englisch, fast akzentfrei. »Cheers, see you in a bit … yep … no, don't do that … alright … yes, baby, bye!« Habe ich das richtig gehört? Sie schickt ihm zum Abschied ein Küsschen durchs Mikro? Zu mir gewandt sagt sie: »Alles klar. Es kann losgehen.«

Doch jetzt klingelt mein Handy. Auf dem Display steht »Katimobil«. Meine Schwester. Ein Kontrollanruf! Nun aber wirklich. Ich zögere.

»Willst du nicht rangehen?«, fragt Sondra.

Bevor ich antworten kann, hat Becky bereits den grünen Antwort-Button nach oben geschoben und hält sich das Telefon ans Ohr: »Hallo? (kurze Pause) Ich bin das Vorzimmer von Stan. … Ja, er hat jetzt eine persönliche Assistentin … Ich bin Becky. … Jawohl, ich arbeite auch am Wochenende. … Nein, die schlafen noch. Rufen Sie bitte später wieder an. Wir haben zu tun.« Schon hat sie das Gespräch wieder beendet.

Eine persönliche Assistentin? Eigentlich keine schlechte Idee! »Was hat sie gesagt?«, frage ich beunruhigt.

Becky ist ungeduldig: »Alles in Ordnung. Sie ist zufrieden. Können wir jetzt endlich anfangen?«

Eigentlich hätte ich doch ganz gern mit meiner Sister gesprochen. Wäre vielleicht das letzte Mal gewesen. Aber wahrscheinlich hätte ich mich verraten und ausgeplaudert, dass die Jungs verschwunden sind und so. Sie würde sich Megasorgen machen, wenn sie wüsste, was wir vorhaben, und eine Armee Privatdetektive und Anwälte losschicken. Es ist besser so.

Sondra und ich sitzen nebeneinander an meinem Gaming-Schreibtisch. Sie an meinem Computer, ich an meinem Ersatz-Gaming-Computer. Wie bereits erwähnt, der Back-up für den Fall, dass der aktuelle Rechner streikt. Wir setzen Kopfhörer auf und biegen die Mikrophone zurecht. Wahrscheinlich sehen wir aus wie zwei Leute, die im Callcenter arbeiten.

Ich schaue Sondra von der Seite an: »Vielen Dank, dass du das für mich machst. Ich hätte gar nicht von dir gedacht, dass du so ein netter Mensch bist.«

Sie sieht mich erstaunt an: »Wieso sollte ich kein netter Mensch sein?«, fragt sie.

»Na ja, man hört so Sachen«, deute ich an. Ich bereue schon, dass ich das Thema überhaupt angeschnitten habe, diese alten Tratschgeschichten.

»Was hört man denn?«, will sie es genau wissen.

Ich könnte mir auf die Lippen beißen, aber nun gibt es kein Zurück. »Irgendeiner hat mal gesagt, du seist eine ›egoistische Bitch‹.«

Das sitzt. Sie ist jetzt richtig angenervt. »Wer sagt denn so was über mich?«, braust sie auf.

Ich druckse herum. »Will ich nicht sagen.« Ich bin mir ohnehin nicht sicher, ob das stimmt, ist schließlich nur Internet-Gossip.

»Nun sag schon, wer ist es? Sonst mache ich gar nichts mehr für dich.«

Das hatte ich befürchtet. »Na gut. Ich glaub, es war Kevin.«

»Welcher Kevin? Ich kenne mindestens fünf Kevins. Heute heißen doch fast alle Kevin. War es Kevin Kühnert?«

»Nein, ich habe überhaupt keine Kontakte zur Politik. Den kenne ich gar nicht persönlich.«

»War es Kevin de Bruyne?«

»Nein, kein Fußballer!«

»Wer war es dann?«

Ich antworte etwas kleinlaut: »Ich glaub, es war Kevin Pelvis-Schuster!?«

»Waaaas? Kevin Pelvis-Schuster? Den gibt's noch, diesen abgetakelten Gaming-Vollpfosten? Wo kreucht der denn jetzt rum?«

»Es tut mir sehr leid. Ich kann mir denken, dass das eine Enttäuschung …«

»Gar nicht! Kevin Pelvis-Schuster!!!« Sie schnalzt verächtlich mit der Zunge und schüttelt den Kopf. »Der ist doch nur sauer, weil er bei mir abgeblitzt ist. Schon ewig her. Als ich noch ganz am Anfang war, als kleine YouTuberin.«

»Ach so?« Ich hoffe auf mehr Hintergrundinformationen. Auch für den Film, den ich noch fürs Fernsehen produzieren soll. Falls ich das hier überleben sollte. Jeder weiß, dass Sondra und der schöne, geheimnisvolle Kevin kurzzeitig ein Paar waren. Ich glaube, sie waren sogar DAS YouTuber-Pärchen 2017. Aber dann war es plötzlich vorbei. Niemand weiß, was genau vorgefallen ist.

Leider bekomme ich nicht mehr aus ihr heraus. Sie wischt die Story einfach beiseite: »Glaub bitte nie, nie, nie, was die Leute über mich sagen. Die kennen mich gar nicht. Obwohl sie DENKEN, dass sie mich kennen. Das sind die Schlimmsten!«

Wie gut, dass wir das geklärt haben. Sondra gibt Becky

noch ein paar Tipps im Umgang mit Lolek und Bolek. Wie oft sie rausmüssen, was sie am liebsten fressen, denn es könnte sein, dass wir länger weg sind, als uns lieb ist. Dann küsst sie die Hündchen auf ihre Köpfchen und Becky links und rechts auf die Wangen. Nun kann es endlich losgehen. Wir wählen die Skins für unsere erste gemeinsame Runde. Sondra entscheidet sich für Doggo, den Mops-Skin mit dem orangefarbenen Kapuzenpullover und den drei Streifen in Retrofarben. Das Mopsgesicht mit den weit auseinanderstehenden Glubschaugen und der viel zu kleinen, platten Nase erinnert sie an ihre eigenen Doggys. Ich bleibe ganz simpel und gehe wieder als Toxischer Sprayer. Vielleicht kann ich Tommy Glitter etwas Graffiti-Farbe in die Augen sprühen und ihn so außer Gefecht setzen.

Das Spiel beginnt. Östlich von Frenzy Farm springen wir aus dem Schlachtenbus. Als die Insel näher kommt, erkenne ich unter uns einen See mit einem Boot und Anglern. Das muss der neue Fortnite Fishing Frenzy Contest sein. Ein Mann in einem roten Ganzkörpergummianzug kämpft mit seiner Angel. Am Haken zappelt ein riesiger Goldfisch, der mich an Levis Lieblings-Skin, den Fishstick, erinnert. Der Goldfisch wehrt sich so sehr, dass sich das ganze Boot zur Seite neigt. Die Freundin des Anglers, offenbar selbst Anglerin, denn sie trägt eine goldgelbe Gummilatzhose und ein Tanktop, muss mit ihrem Gewicht gegensteuern. Sie lehnt sich auf die andere Seite, damit das Boot nicht kentert. Dabei hat sie ihre Harpune aus der Hand gelegt und die langen, schwarzen Gummihandschuhe ausgezogen.

Ich steuere etwas nach links, um nicht im Wasser zu landen. Neben mir erreicht Sondra in ihrem Mops-Skin den Boden. Wir laufen los, wissen aber gar nicht so genau, wo wir sind und wo wir hinmüssen. Wir durchqueren ein Wäldchen. Aus der Entfernung hören wir Schüsse. Eigentlich müssten wir uns Waffen besorgen, aber wir hoffen, wir schaffen es auch ohne. Wir dürfen keine Zeit verlieren. Ich entdecke ein Schild an einem Baum: »Creepy Castle« steht darauf. Mit einem Pfeil. Wir laufen in die besagte Richtung.

Nebel zieht auf. Ich spüre mein Herz heftig in der Brust klopfen. Mir wird ganz anders. Wir sind schon ziemlich nah. Es wird immer dunkler.

»Sondra, bist du noch da?«, frage ich beklommen.

»Ja, no worries, ich bin genau neben diiiiiiiiiir!« Ihre Stimme entgleitet und entfernt sich. Als würde sie in die Tiefe fallen.

Auch ich spüre, wie mich ein Sog erfasst und nach unten zieht. Ich falle durch einen dunklen, gruseligen Tunnel. Von rechts und links, von oben und unten versuchen knochige Arme nach mir zu greifen. Wie in einem Albtraum.

»Stan!!! … Wo bist du?«

Ich höre Sondras Rufe wie aus weiter Ferne und sehe Licht am Ende des Tunnels. Dort angekommen, befinde ich mich immer noch nicht in Sicherheit. Es erfasst mich sogleich eine Lawine aus Knochen, Schädeln, Würmern, Schleim. Alles wirbelt um mich herum. Chaos pur. Die Körperteile drohen, mich unter sich zu begraben. Ich bekomme Panik, kämpfe gegen die ekelerregende Lawine an, will oben bleiben. Dann tauche ich durch eine Welle, die aus ausgefransten Leichen-

teilen zu bestehen scheint. Ich hab keinen Schimmer, in welche Richtung ich mich bewegen muss, und finde keinen Halt. Die Schicht unter mir gibt nach. Dort ist nichts, wovon ich mich abstoßen könnte. Alles zerbröselt, gibt unter mir nach. Die Lage ist ausweglos. Mein Mund ist trocken, meine Nase voller Staub. Ich kann kaum die Augen öffnen und bekomme keine Luft. Mein Kopf dröhnt. Mühsam wedele ich mit den Armen, und es gelingt mir, mich frei zu buddeln. Da entdecke ich ein Seil und greife danach. Mein Blick geht nach oben, und ich sehe einen Mops-Skin am Ende des Seils stehen. Er zieht mich aus dem Loch heraus. Für einen Hund ist er erstaunlich stark.

Mit letzter Kraft entkomme ich der Knochenschicht und habe nun wieder festen Grund unter den Füßen. Ich sehe mich um. Mich umgibt die wohlbekannte Comic-Landschaft. Der Glitch, oder was auch immer das war, hat nicht nur meinen Skin, sondern meinen gesamten menschlichen Körper eingesogen. Ich bin mitten im Videospiel gelandet, befinde mich in einer unteren Fortnite-Ebene und trage den Skin des Toxischen Sprayers, meines Avatars. Wie soll ich hier jemals wieder rauskommen – und zurück ins wirkliche Leben? Raus aus dem Spiel und raus aus dem Sprayeranzug? Darüber haben wir gar nicht gesprochen, fällt mir ein. Ich hatte nicht damit gerechnet, dass es klappen würde. Daher habe ich auch nicht weitergegrübelt, wie es danach weitergehen würde. Ich taste mein Gesicht ab und entdecke, dass ich eine Schutzbrille und eine Atemmaske anhabe – klar, die Klamotten des Toxischen Sprayers. Ich streife die Schutzbrille ab, um besser sehen zu können. Alles scheint in Ordnung zu sein. Meine Kopf-

hörer habe ich leider auf dem Weg nach unten verloren. Schade. Ich mochte meinen EASARS EH976. War auch nicht ganz billig. Außerdem habe ich nun keine Verbindung mehr zu Sondra, falls wir uns im Spiel verlieren sollten. Aber die Kopfhörer sind auch nicht Teil des Sprayer-Skins. Insofern ist das stimmig.

»Stan? Bist du okay?«

Erst jetzt sehe ich, dass der Mops eine South-Faith-Bodybag trägt, und höre, wie er mit Sondras dunkler Stimme spricht. »Sondra!«, rufe ich erleichtert.

*»Holy S**t! Es hat geklappt! Wir sind im Spiel drin! Schau, wie ich aussehe! Ich glaube, ich brauche den Doggo-Anzug eine Nummer größer!« Sie prüft den Sitz ihrer Mopshose, winkelt ein Bein an und streckt es nach oben. »Ganz schön eng«, ächzt sie. Sie dreht sich um, betrachtet ihre Rückseite: »Der Doggo-Hintern ist viel zu platt. Da muss Epic nacharbeiten.«*

Ich lache: »Das ist ein Mops und kein heißes Beach-Babe. Was erwartest du?« Schnell werde ich wieder ernst: »Sag mal, hast du das Serum noch?« Das Serum ist bestimmt unser Ticket raus aus diesem Wahnsinn.

Sie öffnet ihre Tasche, schaut hinein und zählt die Ampullen: »Eins, zwei, drei, vier, fünf. Ja, alles in Ordnung.«

»Könnt ihr mich hören?« Eine Stimme von oben ertönt. Beckys Stimme. Sie klingt wie die Durchsage in einem schwedischen Möbelhaus. (»Der kleine Hubert möchte gern aus dem Spielparadies abgeholt werden!«)

Wir schauen zum Himmel. Durch eine dunkelrote Wolkendecke schimmert ein helles Licht. Die Wolke wabert bei jedem Wort, das sie sagt: »Ihr habt jetzt fünfundzwanzig Minuten Zeit, um die Kids zu holen. Danach zieht der Sturm auf, und ich muss euch zurückholen. Habt ihr verstanden?«

ZEHN

Das klingt nach einem Plan. Schnell versuche ich, mich zu orientieren. Wir befinden uns in einer schneebedeckten Berglandschaft südlich von Retail Row, vermutlich auf fünftausend Metern Höhe. Der Wind pfeift uns um die Ohren. Es fällt ein feiner Schnee. Das passt zu der Geschichte von Tommy Glitter und seinem tragischen Ende. Wir sind also auf dem richtigen Weg. Nun müssen wir nur noch dieses Creepy Castle finden. Ich bin völlig orientierungslos, weiß nicht, in welche Richtung wir laufen sollen. Normalerweise würde ich nun auf die Karte schauen, aber dieses Feature wird mir gerade nicht angeboten. Das ist fatal.

»Sondra, sag mal, hast du auch keine Kartenfunktion? Irgendetwas stimmt nicht.«

Doch ich bekomme keine Antwort. Was ist nur los mit ihr? Ich schaue sie an und erschrecke. Sondras Mopsaugen stieren stumpf ins Leere. Eben hat sie mich noch aus dem Knochenberg befreit, und nun geht ihr die Puste aus? Hat ihr Mopshirn Frost bekommen? Wir müssen bedenken: Sie ist gefangen in dem Körper eines überzüchteten Hundes, der kaum durch seine platte Nase atmen kann. Vermutlich hapert es mit der Durchblutung ihrer grauen Zellen. Zu wenig Sauerstoff in der Luft auf fünftausend Metern Höhe.

»Sondra? Alles in Ordnung mit dir? … Leberwurst in Aspik? Sissy Verbissy?« Sie reagiert nicht. Ich fasse nach ihrer Mopsschulter, will sie aufrütteln.

Sie schaut mich wie in Trance an. »Stan? Du, ich muss mich hinsetzen. Mir geht es gar nicht gut. Geh allein. Ich warte hier auf dich.«

Na super. Auch das noch. Wo ist die souveräne, abenteuerlustige Superwoman geblieben, die mich mit ihrer Zuversicht mitgerissen hat? Muss ich jetzt alles allein machen?

Von oben hallt Beckys Stimme: »Das hatte ich befürchtet! Stan, schau mal in Sondras South-Faith-Tasche.«

Wenigstens bin ich nicht ganz allein. Wie gut, dass Becky mitdenkt. Früher oder später brauche ich das Serum. Ich nehme die Tasche und öffne sie.

»Siehst du das Smartphone darin?«, fragt Becky. Tatsächlich, ich entdecke nicht nur fünf Ampullen, sondern auch das Smartphone von Harry. Ich erinnere mich, dass Becky es vorhin mit dem Stethoskop bearbeitet hat. »Ich habe das Gerät in den Videospielmodus umgeschaltet«, erklärt Becky. »Geh auf Google Maps und gib ›Creepy Castle‹ ein.«

Ich öffne die Google-Maps-App und will zur Suchfunktion, aber sie funktioniert nicht. Ich habe kein Netz! Wie auch, auf fünftausend Metern Höhe. Ich habe doch gleich gewusst, dass das schwierig wird.

»Becky, es geht nicht! Ich habe kein mobiles Internet«, rufe ich nach oben.

»Das kann doch nicht sein!« Beckys sonst so ruhige Stimme, bekommt einen hysterischen Klang. »Lauf einfach ein paar Meter weiter bergab, aber pass auf – die Gletscherspalten! Du weißt schon.«

Okay, nach unten also, das schaffe ich. Ich schaue noch kurz nach Sondra, die sich in den Schnee gesetzt hat und den

Mopskopf hängen lässt. Kann ich sie wirklich in diesem Zustand allein zurücklassen? Werde ich sie wiederfinden? Und wenn ich sie wiederfinde, in welchem Zustand wird sie sein? Sie hat zwar dieses Hundefell, aber trotzdem befürchte ich, sie könnte erfrieren, wenn sie sich nicht bewegt. Ich bin nicht sonderlich pessimistisch veranlagt, trotzdem frage ich mich langsam wirklich, was aus uns werden soll. Ich muss eine Meute Gespenster überlisten, die Jungs ihren Fängen entreißen, dann Sondra holen und uns alle heil zurück in die wirkliche Welt bringen. Das alles in fünfundzwanzig Minuten, inzwischen vielleicht nur noch zwanzig.

»Du machst dir viel zu viele Sorgen«, höre ich Beckys Stimme von oben, als ob sie meine Gedanken gelesen hätte. »Du schaffst das!« Wenigstens eine, die an mich glaubt.

Meine Graffiti-Sprayer-Boots sind für diesen glatten Schneeuntergrund völlig ungeeignet. Kein Profil, schon gar keine Spikes, Schuhschneeketten oder dergleichen. Ich schlittere abwärts durch den Schnee. Mehrfach zerlegt es mich fast, als ich unverhofft über schlecht sichtbare Felsbrocken falle. Einen Helm trage ich auch nicht. Hätte ich das geahnt, wäre ich in einem ganz anderen Skin gekommen. Als Rote-Frost-Ritterin mit dem roten Frostschild auf dem Rücken oder im Frost-Raven-Skin mit Frosteisenkäfig hätte ich viel bessere Voraussetzungen gehabt. Hätte ich doch bloß in dieses Frostlegenden-Paket investiert!

Inzwischen herrscht tiefschwarze Nacht um mich herum. Meine einzige Lichtquelle ist Harrys Smartphone. Die Batterie wird allerdings nicht ewig halten. Ich checke die Kapazi-

tät. Dreiundachtzig Prozent. Damit kann ich was anfangen. Aber Netz habe ich immer noch nicht. Plötzlich stolpere ich über ein Brett und wäre fast der Länge nach hingefetzt. Was war das? Ich leuchte mit dem Handy den Schnee unter mir ab und entdecke ein Snowboard! Und zwar eines mit Stiefeln dran. Ein seltsamer Anblick. Anscheinend hat jemand die Stiefel abgestreift und ist auf Socken weiter durch den Schnee gestapft? Das ergibt doch gar keinen Sinn.

Ich schaue mir das Material näher an. Nein, das ist brandneues Equipment und wie für mich gemacht. Ich prüfe die Länge dieses Raceboards für extrem schnelle Abfahrten. Aufgestellt geht es mir bis zur Nase. Die Beinstellung stimmt. Mein linkes Bein ist das stärkere, und das muss beim Fahren in Fahrtrichtung vorn stehen. Die Plattenbindungen machen einen soliden Eindruck, und die Hardboots haben genau meine Schuhgröße. Ich ziehe sie an und prüfe den Sitz. Es fühlt sich gut an.

»Hier! Ich schicke dir noch eine atmungsaktive Snowboardjacke«, ruft Becky von oben, »und eine wasserfeste Snowboardhose, robuste Handschuhe mit integrierten Projektoren für den Schutz deiner Handgelenke und einen Helm mit Leuchte und verstellbarem Kopfband sowie einer kompatiblen Brille mit gelben Gläsern. Brauchst du auch noch einen Rückenprojektor? Gegen Verletzungen an der Wirbelsäule?«

»Ja, bitte!« Von oben rauscht eine flüssige Masse auf mich herab, die sich um meinen Körper schmiegt und schnell fest wird. Die Schneeausrüstung passt wie angegossen. Ich bin zufrieden. Wie hat sie das bloß hinbekommen? Das lernt man wohl, wenn man die Laufbahn einer paranormalen Inspekto-

rin einschlägt. In Deutschland ist alles bis ins kleinste Detail geregelt. Becky ist gut in dem, was sie macht. Ich befinde mich in besten Händen.

Ich knipse das Licht an meinem neuen Helm an, setze die gelbe Brille auf und stoße mich vorsichtig ab. Langsam rutscht das Snowboard los. Anfangs noch etwas wackelig, gewinne ich schnell an Fahrt. Ich sause durch die Nacht. »Vorsicht, Gletscherspalten!«, schießt es mir kurz durch den Kopf, aber dann lasse ich alle Bedenken fahren und gebe mich der Geschwindigkeit hin.

Plötzlich geht ein Scheinwerfer an. Ein Lichtkegel verfolgt mich. Ist das Becky? »Was soll das?«, rufe ich nach oben.

Als Antwort prasseln mehrere Schüsse rechts und links neben mir in den Schnee. Sie verfehlen mich nur um Haaresbreite oder werden von meinem Rückenprotektor aufgefangen. Wie gut, dass der kugelsicher ist. Ich ducke mich weg, beschleunige die Fahrt und fahre ein paar kurze Parallelschwünge. Der Kugelhagel verfolgt mich. Klar, ich bin mitten im Fortnite-Spiel, und das Ballern gehört dazu. Aber wissen die denn, dass sie einen echten Menschen vor sich haben – und keinen Skin? »Becky, kannst du das mal abstellen?«, schreie ich, aber ich bekomme keine Antwort. Becky ist verstummt. Na herrlich! Der YouTuber, dem die Frauen vertrauen, der aber den Frauen NICHT vertrauen kann. Eine nach der anderen macht schlapp!

Ich drehe mich um und erahne, dass mehrere Typen auf Skiern hinter mir her sind. Kurz streift das Scheinwerferlicht einen im Slushy-Soldier-Skin. Das ist dieser Schneemann mit dem runden, weißen Kopf ohne Haare, Möhre statt Nase im

Gesicht, mittelblauer Norwegerpulli mit Schneeflocke auf der Brust, rote Handschuhe, blaue Hose mit Flicken. Quer über der Brust hängt ihm ein Patronengürtel mit kleinen Möhren statt Munition. An der Hosennaht trägt er ein Etui, in dem ein Möhrenmesser steckt. Zwei weitere Verfolger tragen weiße Skianzüge und Helme, die das ganze Gesicht bis auf einen Sehschlitz bedecken. Das sind Luxusausgaben dieser Skilifttypen, die einem den Bügel unter die Schneehose klemmen und für einen reibungslosen Start nach oben sorgen. Sie wedeln auf ihren Skiern hinter mir her und kommen verdammt schnell näher. Ich fahre, so schnell ich kann, und wirbele dabei Pulverschnee auf – hinterlasse eine Wolke, die den Seppeln die Sicht erschwert.

Meine Augen haben sich mittlerweile an die Dunkelheit gewöhnt, und ich habe die Kopfleuchte ausgeschaltet, damit sie mich nicht so leicht spotten können. Vor mir bricht der Hang unvermittelt ab, und ich fliege durch die Luft, als wäre ich von einer Sprungschanze gesprungen. Sekundenlang kann ich den Boden unter mir nicht sehen. Mir wird mulmig. Schnell lande ich im Tiefschnee, und die Fahrt geht weiter. Leider habe ich die Skifahrer immer noch hinter mir. Kugeln schießen dicht an mir vorbei. Ich erreiche ein kleines Waldstück und verschwinde aus ihrem Blickfeld. Als ich mich kurz umdrehe, sehe ich, wie Slushy Soldier aus der Kurve geworfen wird, durch die Luft wirbelt und gegen einen Baum prallt. Sein Schneemannkopf zerbröselt. Gut für mich. Einer weniger.

Ich fahre auf einen sehr hohen Abhang zu. Wie gut, dass ich mir so oft Skispringen an Neujahr im Fernsehen angese-

hen habe. Damit kenne ich mich aus. Ich hebe ab und lehne mich nach vorn wie die Profis auf der Olympiaschanze am Gudiberg in Garmisch-Partenkirchen. Leider kann ich nicht sehen, wo dieser Flug enden wird. Ich hoffe das Beste, aber der Fall dauert nun schon deutlich länger als erwartet. Der Wind weht so heftig, dass es mir die Gliedmaßen durcheinanderwirbelt. Ich mache einen Salto in der Luft, was nicht vorgesehen ist. Eine heftige Windböe reißt mir das Snowboard von den Füßen. Das ist jetzt richtig mies. Wie soll ich denn ohne Board sicher landen? Ich mache mir Sorgen. Im richtigen Leben würde ich den Aufprall auf keinen Fall überleben. Wie ist das bei Fortnite? Werde ich einfach wegteleportiert und sitze plötzlich unversehrt zu Hause auf meinem Gaming-Stuhl? Neben Becky? Oder bleibe ich im Spiel und bekomme Verbandszeug? Aber von wem? Von Leberwurst in Aspik? Wo um Himmels willen ist Sondra?

Dann kann ich unter mir Nadelbäume erkennen, ein Waldstück. Das kann eine gute oder eine schlechte Nachricht sein. Mir fehlt die Erfahrung, dies zu beurteilen. Ich bereite mich auf einen unsanften Aufprall zwischen Baumstämmen und Tannennadeln vor. Es gibt nichts mehr, das ich noch tun kann. Ich gebe mich meinem Schicksal hin. Doch mit einem Mal erfasst mich etwas und reißt mich wieder hoch. Augenblicklich wird mir klar, was los ist. Ich bin in einem Netz gefangen und trudele durch die Bergluft. Mein Blick schweift nach oben, und ich sehe direkt in Sondras grinsendes Mopsgesicht. Sie schaut aus einem Hubschrauber heraus, an dem das Netz mit mir befestigt ist. Ich fasse es nicht. Wie hat sie das bloß wieder geschafft? Sie war doch völlig im Eimer.

Wegen ihrer Mopsnase und überhaupt. Aber jetzt ist sie wieder ganz vorne mit dabei.

Sie zieht das Netz hoch und hievt mich mühsam in den Helikopter. Ich zittere am ganzen Körper, teils vor Kälte, teils durch den Stress. Ich habe bei dem Flug nicht nur mein Snowboard verloren, sondern auch meine Mütze und die Handschuhe. Mir ist eiskalt, aber ich lebe.

Sondra witzelt: »Keine fünf Minuten kann ich dich allein lassen, ohne dass du dich in Todesgefahr begibst.«

»Keine Ahnung, was da gerade lief. Die waren hinter mir her. Ich hab mich voll auf Becky verlassen, aber die war nicht mehr da, als ich sie am dringendsten gebraucht habe!«

»Ja, Becky musste mich wieder flottmachen. Sie konnte ja nicht wissen, dass du vom höchsten Berg bei Fortnite springen würdest!«

»Kannst du vielleicht mal die Türen zumachen? Mir ist schweinekalt!«

Sie schüttelt den Kopf. »Es gibt keine Türen. Das ist ein Cabrio-Helikopter, nur an der Seite offen und nicht oben. Damit man schneller rein und wieder rauskommt. Der wird bei Kampfeinsätzen in Kriegsgebieten geflogen.«

»Hey, ihr beiden, eure Zeit ist um, befürchte ich.« Wir hören eine Stimme aus dem Off. Becky! »Ich muss euch jetzt holen. Sonst frisst euch der Sturm.«

Wie? Jetzt schon? Wir sind den Jungs nicht einen Zentimeter näher gekommen, waren nicht mal in Sichtweite von Creepy Castle. Alles soll umsonst gewesen sein? Und wie kommen wir wieder zurück? Durch diese Welle aus Knochen und Staub, diese Lawine, den Tunnel mit Armen, die nach uns greifen? Ich mache mich auf das Schlimmste gefasst. Ein lautes Windgeräusch wie von einem Riesenföhn ertönt. Ich halte meine Brille fest. Die habe ich noch, und die will ich auch behalten. Ein megastarker, warmer Luftzug erfasst mich und zieht mich aus dem Cabrio-Hubschrauber heraus nach oben.

Ich erwarte, dass mit Sondra das Gleiche geschieht und auch sie jetzt den Hubschrauber hinter sich lässt. Doch zu meinem Entsetzen sehe ich, wie die Rotorblätter stocken. Ich weiß, wenn der Antrieb ausfällt, kann der Heli trotzdem unbeschadet landen. Dazu müsste Sondra in einen steilen Sinkflug übergehen. Dabei würden die Rotoren durch die von unten strömende Luft weiterbewegt. Ich kann ihr das aber nicht sagen, denn wir sind nicht mehr durch unsere Kopfhörer verbunden. Der Helikopter gerät ins Schlingern und dreht sich dann mehrfach um sich selbst. Ein paar Rotorblätter fallen dabei ab, und das Cockpit fängt Feuer. Mit der Nase voran stürzt das Fluggerät in die Tiefe – mit Sondra an Bord. Beim Aufprall folgt eine Explosion, und dabei fliegt ein Wrackteil nach oben und trifft mich am Kopf. Mir wird schwarz vor Augen.

ELF

Als ich wieder zu mir komme, liege ich auf meinem Sofa. Das ist schon mal gut. Über mich beugt sich … ausgerechnet Becky! Sie hat Tränen in den Augen. Aber warum? Ist jemand gestorben? Schnell rappele ich mich hoch, doch Becky drückt mich sanft zurück aufs Sofakissen.

»Langsam, langsam! Du bist noch sehr geschwächt, mein Lieber.«

»Wo ist Sondra?«, platzt es aus mir heraus.

»Ich bin hier!«, ruft eine Stimme in meinem Kopf.

Becky schnäuzt in ein Papiertaschentuch und schluchzt: »Du musst jetzt sehr stark sein.« Ihre Unterlippe zittert. »Sondra hat es nicht geschafft.«

»Wie, hat es nicht geschafft? Was meinst du damit?« Ein Dialog wie aus einem schlechten Katastrophenfilm, denke ich. Ist das nur ein böser Traum oder echt?

»Hallo, Stan, ich bin hier!«, höre ich Sondras dunkle Stimme in meinem Kopf rufen.

Becky schluckt schwer. »Ich hatte euch gewarnt. Es kann schiefgehen, hab ich euch mehrmals gesagt. Du bist noch aus dem Hubschrauber rausgekommen, Sondra nicht!« Nur mit Mühe hält Becky weitere Tränen zurück.

An meinem Fußende machen Lolek und Bolek Männchen. Sie winseln leise. Wahrscheinlich vermissen sie ihr Frauchen.

Ich setze mich abrupt auf. Mein Schädel schmerzt, als

würden sich tausend Stecknadeln in meine Kopfhaut bohren. Viele Fragen stellen sich mir auf einmal. Wie lange war ich ohnmächtig? Sind die Neffen immer noch weg? Was ist mit Sondra? Wenn sie nun auch verschwunden ist, bin ich an allem schuld. Sondras Community wird mir das Unglück anlasten! Ich habe ihr Idol auf dem Gewissen. Ich sehe schon die Überschriften der YouTube-Videos vor meinem geistigen Auge: »Leberwurst in Aspik im Spiel mit Stan verunglückt«, oder gar »Ist Stan schuld am Tod von Leberwurst in Aspik?« Das wird eine ganz große Welle im Internet machen. Sie werden es mir nie verzeihen. Alles kaputt. Meine Karriere. Meine Familie. Es ist vorbei.

»Hey, Stan, hör doch mal auf mich. Ich bin hier!« Schon wieder diese Sondra-Stimme in meinem Kopf.

»Sondra, bist du es?«, frage ich laut. Becky sieht mich fragend an. Verliere ich den Verstand? Ich rede mit Sondras Stimme in meinem Kopf, obwohl sie es doch nachweislich »nicht geschafft hat«. Was auch immer das bedeutet!

»Ja, ich bin es, Sondra! Ich stecke hier fest. Ihr müsst mich rausholen«, antwortet die Stimme.

Ich frage Becky: »Hast du das auch gehört?«

»Was?« Becky versteht nicht.

»Sondras Stimme. Sie spricht zu mir. Ich kann sie hören – und du aber nicht?«

Becky schaut mich seltsam an. »Pass auf, Stan. Ich weiß, das ist alles zu viel für dich. Erst deine Neffen, jetzt Sondra. Du glaubst, dass du Sondras Stimme hörst. Das sind die Schuldgefühle. Das ist nicht echt. Verstehst du?«, redet Becky auf mich ein.

»Lass dir nichts einreden, Stan. Sie kann mich nicht wahrnehmen. Aber DU schon. Ihr müsst mich hier rausholen!« Sondras Stimme klingt zunehmend verzweifelt.

»Das sind keine Schuldgefühle, Becky, echt nicht. Ich bilde mir das nicht ein. Sie spricht zu mir. Aber nur ich kann sie hören«, versuche ich, Becky zu überzeugen.

Becky steht auf und läuft im Zimmer herum, fängt an, meine Spiele-DVDs alphabetisch zu ordnen. Eine klare Übersprunghandlung.

»Stan, was ist denn nur los? Hilfst du mir nun oder nicht?«, ruft Sondra im Innern meines Kopfs.

Ich glaube, ich werde wahnsinnig. »Ja, Sondra, ich arbeite daran. Ich muss erst Becky davon überzeugen, dass ich wirklich mit dir reden kann. Bitte warte doch noch einen Moment. Wir lassen dich nicht hängen. Aber du musst mal kurz deine Klappe halten«, fahre ich Sondra an, und im gleichen Moment tut es mir schon wieder leid. Sondra macht ein grummelndes Geräusch. Ich glaube, sie hat es begriffen.

Becky dreht sich um und sieht mich sorgenvoll an. »Was sagt sie denn?«, will Becky wissen.

»Du glaubst mir also?«, frage ich hoffnungsvoll.

»Na ja, ich bin promovierte Psychologin, wie du weißt. Mir ist nichts Menschliches fremd. Ich versuche, mir das vorzustellen. Kommentiert Sondra dein Verhalten? Will sie, dass du irgendetwas für sie tust? Hast du das Gefühl, dass sie dich steuern will? Bedroht sie dich? Ist sie in Kontakt mit Außerirdischen? Sagt sie immer das Gleiche?«

»Ja, sie sagt tatsächlich immer das Gleiche, nämlich, dass

sie da unten stecken geblieben ist und dass wir sie – verdammt nochmal – rausholen sollen.«

»Okay, okay, nun zu dir. Bist du in letzter Zeit schweigsamer geworden und ziehst du dich lieber in deine eigenen vier Wände zurück, als mit anderen etwas zu unternehmen?«

»Nö, ich meine, ganz normal. Ich bin YouTuber. Natürlich bin ich viel zu Hause, aber schweigsam …?«

»War deine Stimmung über Wochen hinweg eher bedrückt, traurig und verzweifelt?«

»Nein! Ganz und gar nicht. Mir ging's blendend. Zumindest bis die Jungs verschwunden sind.«

»Schläfst du schlechter als gewöhnlich oder hast du Schwierigkeiten beim Einschlafen, Durchschlafen oder wachst du früher auf als sonst? Isst du mit mehr oder weniger Appetit als normalerweise?«

»Becky, mit mir ist alles in Ordnung, wirklich. Bis auf diese Stimme. Ich weiß nicht, wie ich es dir beweisen soll. Vielleicht …«, ich überlege, »stell mir irgendeine Frage, die nur Sondra beantworten kann. Irgendetwas, das ich nicht wissen kann, vielleicht der Geburtsname deiner Mutter oder die Straße, in der du aufgewachsen bist. Ich gebe die Frage an Sondra weiter, und wenn ich mit der richtigen Antwort komme, musst du mir glauben.«

Becky schaut mich seltsam an. Sie denkt anscheinend, dass ich unter Schock stehe und halluziniere. Nach allem, was ich durchgemacht habe, wäre das sicherlich eine angemessene Reaktion. Allerdings muss ihr doch klar sein, dass in einer Welt, in der Videospieler einigermaßen reibungslos zwischen Game und Realität wechseln können, alles möglich ist. Diese Einsicht scheint sie nun auch gehabt zu haben, denn sie antwortet unverhofft: »Das halte ich für eine sehr clevere Idee. Alle Achtung!« Becky denkt kurz nach und fragt mich dann: »Nenne mir den Namen meines ersten Freundes.«

Ich habe natürlich keinen Schimmer und gebe die Frage an Sondra in meinem Kopf weiter: »Sondra, hörst du mich? Wir müssen dich testen, ob du es wirklich bist. Kannst du dich an den Namen von Beckys erstem Freund erinnern?«

Stille. Die Stimme in meinem Kopf schweigt. Becky und ich warten auf eine Antwort. »Sondra? Bist du noch da?«, frage ich.

»Kevin Pelvis-Schuster«, spricht die Stimme in meinem Kopf. Nun ist mir klar, dass wirklich etwas mit mir nicht stimmen kann. Kevin Pelvis-Schuster und Becky? Ein Top-YouTuber und Traum von 3,2 Millionen Jugendlichen zwischen vierzehn und siebzehn Jahren – und Becky, die völlig verstrahlte Intellektuelle? Wie geht das zusammen? Das kann nicht sein!

»Du hast recht, Becky, die Stimme in meinem Kopf ist nicht Sondra«, flüstere ich matt.

»Wieso? Was sagt sie denn?«, will Becky wissen.

Ich muss lachen. »Völlig absurdes Zeug!«

»Nun sag schon!«

»Nein, ich sag es nicht. Du wirst mich für bekloppt halten. Auf gar keinen Fall.«

Becky spricht beruhigend auf mich ein: »Du kannst mir vertrauen, Stan, ich weiß, die Antwort auf meine Frage ist völlig abwegig. Deine Reaktion zeigt mir, dass du wirklich mit Sondra reden kannst. Aber ich muss jetzt wissen, was sie gesagt hat.«

»Okay, Sondra meint …« Soll ich das jetzt wirklich preisgeben? Ich komme mir lächerlich vor. »Sondra behauptet, dein erster Freund war KEVIN PELVIS-SCHUSTER!!!« Nun ist es raus.

Becky schaut mich verschmitzt an. Dann lächelt sie. »Das stimmt!«, bestätigt sie stolz.

»WAS? Du und der ›abgetakelte YouTuber-Vollpfosten‹?« So hat ihn Sondra genannt.

Becky setzt sich neben mich aufs Sofa und legt leicht die Hand auf meine: »Ich weiß, es klingt unglaubwürdig. Kevin und ich sind zusammen zur Schule gegangen. Ein paar Klassenkameradinnen haben die Vibes zwischen uns mitbekommen und wollten uns verkuppeln. Wir waren damals beide sehr schüchtern. Im Französisch-Unterricht haben mir die Mädchen einen Brief zugesteckt. Darauf stand: ›Willst du mit Kevin gehen? Kreuze an: Ja, Nein oder Vielleicht‹. Ich war tatsächlich ein bisschen verliebt in Kevin und habe ›Vielleicht‹ angekreuzt. Ich weiß noch genau, wie er den Zettel gelesen und sich zu mir umgedreht hat. Er schaute völlig ungläubig und wehmütig. Ich war schließlich damals die Klassenbeste, und er wäre fast sitzengeblieben. Zwischen uns lagen Welten! Kevin und ich sind dann ein paarmal zusammen von der Schule nach Hause gelaufen. Einmal hab ich ihn sogar geküsst. In aller Unschuld. Ich wollte wissen, wie das ist. Na ja, es war nicht so doll. Sonst ist nicht viel passiert. Aber immerhin sind wir Freunde geblieben. Ich hab ihm viel geholfen. Ohne mich hätte er das Abitur niemals geschafft. Später hat Sondra ihn über mich kennengelernt. Aber das ging auch nicht lange gut.«

Mir hat es gründlich die Sprache verschlagen. Die Wahrheit ist manchmal ziemlich unglaubwürdig. Ich höre schon meine Freunde lästern: »Nee, lass mal stecken, diese billige Schmonzette. Wir nehmen dir diesen Trash nicht ab.« Aber ich glaube Becky. Genau so muss es sich zugetragen haben.

»Haaaaallo, was ist denn nun? Holt ihr mich hier raus?« Sondras dunkle Stimme unterbricht meinen Gedankenfluss. Kurzzeitig hatte ich sie völlig vergessen.

»Hey, ja, na klar!«, rufe ich. »Wir holen dich. Kein Problem!« Leise füge ich hinzu: »Wir wissen nur noch nicht, wie.« Was wir auch immer noch nicht wissen: Wo sind eigentlich meine Neffen und wie geht es ihnen? Sind sie in Gefahr? Sehr schade, dass sie nicht auch auf diese Art mit mir Kontakt aufnehmen können. Ein paar Stimmen in meinem Kopf mehr oder weniger – das ist nun auch egal. Immerhin wüsste ich dann wenigstens, dass sie noch am Leben sind und es ihnen gut geht. Sicherlich müssen wir Sondra wiederfinden, aber eigentlich geht es doch um die Kids. Ich schaue auf meine Uhr. Es ist inzwischen Nachmittag geworden. In weniger als vierundzwanzig Stunden rücken meine Geschwister an. Bis dahin müssen wir dafür sorgen, dass die Jungs wieder da sind. Am besten alive and kicking.

ZWÖLF

Becky ist sich nicht sicher, ob sie diese Mammutaufgabe allein stemmen kann. Zwar ist sie eine erfahrene Parapsychologin, aber die Videogame-Welt ist sehr schnelllebig. Becky weiß, dass es Kollegen gibt, die nur Fortnite machen und sich daher in dem Spiel besser auskennen als sie. Becky begreift sich mehr als Allrounderin. Daher sucht sie nach Verstärkung. Glücklicherweise ist sie gut vernetzt und telefoniert mit sämtlichen Experten, die sie jemals auf internationalen Meetings kennengelernt hat. Allerdings stellt sich schnell heraus, dass noch niemand einen Fall hatte, bei dem sich die Stimme einer verschollenen Gamerin im Kopf ihres Mitstreiters meldete. So weit ist die Forschung noch nicht.

Die Story klingt wirklich ungeheuerlich. Vielfach legen die Leute am anderen Ende der Telefonleitung einfach auf, wenn Becky das Problem schildert. Sie vermuten einen Prank und befürchten, dass wir ihre Reaktionen aufzeichnen. Ein Spaß, der immer wieder bei Radiosendungen praktiziert wird. Ich nehme es ihnen nicht übel.

»Was ist denn mit diesem Expertenteam in Kaliningrad?«, frage ich. »Du weißt schon, damals, im Jahr 2014, als du dir die Brandnarbe am Hals geholt hast. Das war doch auch so ein vertrackter Fall. Vielleicht kennen die jemanden, der uns helfen kann.«

Becky findet die Idee nicht übel. Sie blättert in ihrem ledergebundenen Adressbuch. Auch sie hält ihre Daten auf Papier fest, genau wie Sondra. Gestern habe ich mich noch darüber mokiert, aber nun finde ich es nachvollziehbar. Das ist wohl die beste Methode gegen Datenklau. Einziger Knackpunkt: Wenn man sein Büchlein verliert, sind auch alle Termine und Kontakte dahin.

Becky tippt eine sehr lange Nummer in ihr Telefon, wartet kurz und spricht mit der Person an der anderen Seite der Leitung Russisch. Gibt es überhaupt etwas, das sie nicht kann? Kurz darauf hellt sich ihre Miene auf. Das könnte eine gute Nachricht bedeuten. Schnell beendet sie das Gespräch. Wir haben tatsächlich Glück. Beckys Kollegen empfehlen ihr ein Team von indischen Experten, das sich bestens mit paranormalen Unfällen in Videospielen und paraschizophrenen Erscheinungen auskennt. Paraschizophrenie ist das Fachwort für Sondras Stimme in meinem Kopf. Nicht zu verwechseln mit Paranoider Schizophrenie, der Krankheit, die auch als Verfolgungswahn bekannt ist. Hätten sie nicht einen anderen Begriff dafür finden können? Die Ähnlichkeit beunruhigt mich.

Die indischen Kollegen hatten zufällig einen Fall in Deutschland und können in zwei Stunden bei uns sein. Schon wieder so ein »Zufall«. Ich möchte keine Verschwörungstheorien verbreiten, aber die Häufung der Fälle in meiner Umgebung kommt mir merkwürdig vor. Ich versuche, die Wartezeit zu nutzen, um an meinem Drehbuch für das Sondra-Video weiterzuarbeiten. Das lenkt mich wenigstens ein bisschen ab. Zwar weiß ich nicht, ob wir es jemals schaffen werden, Sondra und die Jungs zurückzuholen. Aber ich bin Optimist. Ohne Leberwurst in Aspik kann die Fernsehsendung nicht stattfinden. Das ist mir klar.

Bevor ich zur Untätigkeit verdammt bin, fange ich schon mal an, Sondra ein paar Fragen zu stellen. Wie praktisch, dass sich meine Interviewpartnerin quasi in meinem Kopf befindet. Ich frage, und Sondra antwortet. Das lenkt auch sie von der Sorge ab, auf immer im Videospiel stecken zu bleiben.

»Wo bist du geboren?«, will ich wissen.

»In Rzeszów. Das ist in Südpolen«, antwortet Sondras Stimme in meinem Kopf.

»Wie schreibt man das?«

Sie buchstabiert.

»Wo bist du aufgewachsen?«

Sondra erzählt mir ihre ganze Familiengeschichte: Von den Eltern, die erst für eine polnische und dann für eine deutsche Nachrichtenagentur gearbeitet haben. Vater früh gestorben, Mutter viel unterwegs, drei Geschwister. Kindergarten, Schule, früh angefangen, Videospiele zu spielen. Oft mit Becky, die in der Nachbarschaft wohnte. Mit Becky?? Das hätte ich ihr gar nicht zugetraut! Sehr viel Videospiele gespielt. Nie Probleme in der Schule gehabt. Dann noch mehr Videospiele gespielt. Viele Verehrer. Schauspielstudium an der Kunsthochschule abgebrochen, gejobbt, nebenbei mit YouTube angefangen. Der Kanal ging durch die Decke und so weiter.

Ruckzuck habe ich alle Infos, die ich brauche, und schreibe ein kleines Konzept. Das sende ich per E-Mail an die Redaktion von Mirabello Schulz, dem Moderator der Quizsendung. Das wäre geschafft. Eine Sorge weniger. Immerhin. Ich muss an meine Neffen denken und spüre einen dicken Kloß im Hals. Was sie wohl jetzt treiben? Werden wir uns jemals wiedersehen? Ob sie spüren, dass ich alles tun werde, um sie aus diesen Gräbern rauszuholen –, oder wo immer sie sich gerade aufhalten? Ich hoffe inständig, dass es ihnen gut geht.

Kurz darauf hält ein Auto vor meinem Haus. Ich stehe auf dem Balkon und sehe, wie zwei junge Typen aus einem Zweisitzer steigen. Das muss unser Rettungsteam sein, auf das wir nun schon seit zwei Stunden warten. Ihre Aufmachung erinnert mich ein wenig an John Wick, allerdings in einer dreißig Jahre jüngeren Ausgabe. Sie tragen sehr teure und gut sitzende Anzüge, wahrscheinlich Maßanfertigung. Einer trägt eine Bodybag, wie Sondra sie hat. South Faith – Premium Version. Das erkenne ich sofort. Ihre schwarzen, glatten Haare haben die Jungs sorgfältig nach hinten gestylt, zwei sehr smarte Typen.

Ich eile zu meiner Wohnungstür. Auf der Überwachungskamera sehe ich, wie sie die Haustür erreichen. Ich drücke den Türöffner, und sie gelangen ins Treppenhaus.

»Was ist los?«, höre ich Sondras Stimme in meinem Kopf.

»Wir bekommen Besuch«, antworte ich und öffne die Wohnungstür. Eigentlich hatte ich erwartet, die beiden die Treppe hochkommen zu sehen. Aber wie von einem Zeitraffer beschleunigt, stehen sie bereits vor mir. Pure Magie. Ich blicke in zwei nette Gesichter mit dunklem Teint.

»Hi, ich bin Salahuddin, und das ist Sadullah.« Becky steht hinter mir. Wir stellen uns auch vor und geben ihnen die Hände.

»Wir haben schon viel von Ihnen gehört, Becky«, schmeichelt sich Sadullah bei Becky ein. »Wir sind große Fans Ihrer Arbeit.«

Becky freut sich sichtlich über das Kompliment. »Wollen wir uns nicht duzen und uns mit Vornamen anreden?«, fragt Becky.

»Sehr gerne. Salahuddin.«

»Nein, wie ist dein Vorname?« Becky ist irritiert.

»Das IST sein Vorname!«, schalte ich mich ein. Wir lachen.

Auch Salahuddin amüsiert sich. »Das passiert andauernd, wenn ich in Europa bin«, beruhigt er Becky, die sich tausendmal entschuldigt. Endlich einmal etwas, das die weitgereiste und umfassend gebildete Becky nicht weiß.

»Nenn mich am besten Sala. Das ist einfacher«, bietet Salahuddin an.

Dann entspinnt sich noch ein kleines Gespräch über die Bedeutung der Namen. Salahuddin heißt »der Gerechte des Glaubens« und Sadullah »Gottesgeschenk«, lernen wir und staunen über die hervorragenden Deutschkenntnisse der beiden Inder.

»Wir waren auf der Deutschen Schule in Neu-Delhi und Mumbai«, erklärt Sadullah. »Das war eine der Einstellungsvoraussetzungen für den Job. Weil Deutschland in der Parapsychologie so weit vorne liegt.«

Ich staune. Das war mir neu. Wir haben ein gutes Gefühl

hinsichtlich der zusätzlichen Manpower. Jetzt kann hoffentlich nichts mehr schiefgehen.

Sala scheucht Sondras kleine Hündchen vom Gaming-Stuhl. Lolek und Bolek schleichen sich mit eingezogenen Schwänzen davon. (Kaum ist Sondra verschollen, sind die beiden nur noch lästig. Das sind sie nicht gewohnt.) Ich locke die kleinen Fellnasen in die Küche und gebe jedem ein Würstchen. Wahrscheinlich ist es nicht das, was sie normalerweise fressen. Trotzdem schnappen sie gierig danach und verlangen nach mehr. Sala und Sadullah fangen an, das vorliegende Material, den Stream der Neffen und die Aufzeichnung unseres Abenteuers in der Schneelandschaft, zu analysieren. Schnell wird klar, dass die Geräte nicht »clinical« sind. Sie sind nicht sauber.

»Kann es sein, dass deine Neffen ein Sicherheitsupdate unterdrückt haben, weil es ihnen zu lange gedauert hat?«, fragt mich Sala.

»Tja, alles ist möglich«, meine ich schulterzuckend, »das sind doch noch Kinder.«

»Wir müssen mehr über deine Neffen wissen«, sagt Sadullah. »Haben sie sich in letzter Zeit merkwürdig verhalten?«

»Wie, merkwürdig?«, frage ich.

»Haben sie von Dingen geredet, die nicht da waren?«

Ich erzähle von Harrys Vorahnung und dass er nicht nach Creepy Castle wollte. Die anderen beiden waren hingegen ganz scharf darauf.

Sala erklärt: »Wir müssen uns fragen, warum die Geister ausgerechnet deine Neffen ausgesucht haben und nicht irgendwelche anderen Gamer. Was interessiert Tommy Glitter an deinen Jungs? Ich kann Tommy verstehen. Er ist verdammt sauer. Damit müssen wir fertigwerden. Er fühlt sich von der Welt betrogen und hängengelassen. Diese Frustration hat eine neue, starke Kraft in ihm erzeugt. Er ist im Videospiel gefangen und verzweifelt. Deine Neffen und Sondra sind der Ausweg aus seinem Dilemma.«

»Was tut er mit ihnen?«, frage ich.

»Sie sind seine Wärmequelle in der Kälte. Sie halten ihn am Leben.«

Ich bin skeptisch. Das klingt für mich ziemlich seltsam. Aber ich will einfach nur, dass der Spuk ein Ende nimmt. Diese indischen Parapsychologen sind alles, was mir geblieben ist, meine ganze Hoffnung.

Schnell ist klar, dass jemand ins Spiel zurückmuss. »Wir müssen das Problem intra-luderisch, also innerhalb des Spiels, lösen«, erklärt Sadullah. Das hatte ich befürchtet.

»Ist das okay für dich, Stan?«, fragt Sala. »Du musst das natürlich nicht allein machen. Becky, kannst du Stan begleiten?«

Ich schaue Becky erwartungsvoll an.

»Epic! Becky kommt mich holen!«, frohlockt Sondras Stimme in meinem Kopf.

Aber Becky windet sich: »Ich fürchte nein. Das kann ich nicht. Ich bin vor sechs Jahren fast bei einer Aktion gestorben. Ich wäre nur eine Belastung für Stan. Er hätte das Gefühl, auf mich aufpassen zu müssen. Außerdem handelt es sich bei Sondra um eine sehr enge Freundin. Das kommt erschwerend hinzu.«

Sala überlegt. »Aber wenn du es versuchen würdest, könntest du dein Trauma von Kaliningrad überwinden und wärst dann frei«, gibt er zu bedenken.

»Ich finde, ihr braucht Becky hier oben«, schalte ich mich ein. Ich spüre, dass Becky und ich kein starkes Team wären, obwohl sie gewisse Gaming-Praxis in ihrer Kindheit gesammelt hat. Aber das ist schon lange her, und wir brauchen ihre Fähigkeiten eher außerhalb des Spiels. Ohne sie, die über mich wacht und mir zuarbeitet, würde ich mich nicht sicher fühlen. »Ich kann das bestimmt auch allein schaffen«, beschwöre ich Sala.

»Nein, auf keinen Fall«, widerspricht er. »Sadullah wird dich begleiten.«

Sadullah nickt: »Darauf bin ich eingestellt.«

»Dann wäre das geklärt«, freut sich Becky. »Willkommen in meinem Team!«

Salas Miene verdüstert sich: »Becky, damit wir uns nicht falsch verstehen. Ich bin nicht in deinem Team. Du bist vielleicht in meinem. Ich bin jetzt der Chef. Du hast mich geholt. Wir sind gekommen, um euch zu helfen, aber die Entscheidungen treffe von nun an ich allein. Ich trage die volle Verantwortung.«

Becky macht ein erstauntes Gesicht. So hat schon lange niemand mehr mit ihr gesprochen. Schon gar kein Mann – und schon gar kein jüngerer Mann!

Sala erklärt, wie sie es angehen wollen. »Keine Umschweife. Wir transpondern euch direkt zum Creepy

Castle. Kein Tunnel, keine Lawine, keine Welle. Das macht man heute nicht mehr. Es ist viel zu gefährlich – wie man unschwer am Verschwinden eurer YouTuberin erkennen kann«, erklärt Sala und schickt einen strafenden Blick in Beckys Richtung.

Das macht man nicht mehr??? Ich schaue Becky an. Sie muss schlucken. Ich sehe ihr an, dass sie anderer Meinung ist. Aber sie hat die Leitung des Projekts an Sala abgegeben. Sie ist jetzt nur noch die Nummer zwei und muss seinen Anweisungen folgen.

»Wir holen erst die Kinder raus. In einem zweiten Verfahren kümmern wir uns um Sondra. Das scheint mir am sinnvollsten zu sein«, entscheidet Sala.

Ich nicke. Ja, erst die Neffen. Das ist gut, ein brillanter Move.

Wir machen uns bereit. Sadullah und ich setzen die Kopfhörer auf.

»Kommt ihr mich nun holen?«, fragt Sondra in meinem Kopf.

»Nein, erst holen wir die Jungs, hat Sala so entschieden«, antworte ich.

Sala schaut mich an: »Sprichst du mit der Stimme in deinem Kopf? Sag deiner YouTuberin, dass sie sich keine Sorgen machen muss. Wir schaffen das.«

Sondra sagt nichts, aber ich weiß, dass sie enttäuscht ist.

»Was ist mit dem Serum?«, fällt Becky plötzlich ein, und sie zaubert weitere Ampullen aus ihrer Bauchtasche hervor.

Sala verdreht die Augen. Auch dieser »Hokuspokus« sei nicht zeitgemäß, befindet er.

»Wir haben schon unsere Mittel, um die Geister in Schach zu halten, glaub mir«, versichert Sadullah und zwinkert ihr freundlich zu.

»Und was ist mit dem Sturm?«, frage ich. »Holt ihr uns nach fünfundzwanzig Minuten wieder hoch?«

»Nein, alles Quatsch, ihr könnt so lange bleiben, wie die Mission dauert. Wir können den Sturm blocken. Kein Problem.«

Sadullah zieht seinen Blazer aus, damit der auf unserer Reise nicht zerknittert. Ist schließlich von Augusto Caraceni, dem berühmten Mailänder Herrenschneider, erklärt er. Der feine Stoff kommt aus Nordengland, aus Huddersfield. Aha! Na ja, nicht meine Welt, ehrlich nicht. Unter dem Blazer trägt Sadullah ein schlichtes, weißes T-Shirt. Mein Blick fällt auf eine lange Narbe an seinem Unterarm. »Taiwanesisches Videospiel, 2018«, erklärt Sadullah, der das Entsetzen in meinen Augen gesehen hat. »Das war ein ähnlicher Fall wie dieser. Auch ein Geist, der sich in einem alten Schloss verschanzt hatte.«

»Den hast du besiegt?«, frage ich.

»Ja, allerdings hat er mir sämtliche Knochen gebrochen. Am Arm musste ich operiert werden.«

Ich erschaudere. Brandnarben am Hals, Knochenbrüche. Was wird wohl als Nächstes passieren?

»Hast du Angst?«, fragt Sala.

Ich bin ehrlich und sage: »Ja!«

Er schaut mich mitfühlend an und gibt zu: »Ich auch.«

DREIZEHN

Sadullah braucht noch einen Skin, der möglichst deep und dark aussieht – und die Geister einschüchtert. Er entscheidet sich für den Kurohomura-Skin, einen rothäutigen Teufel mit gelben Augen und weißer Mähne. An seinem Kinn hängt ein weißer, geflochtener Bart, der ihm bis zum Hosenbund reicht. Sein nackter, muskulöser Oberkörper und sein Gesicht sind mit Tattoos übersät. Heimlich nehme ich Sondras Bodybag mit den Ampullen mit. Vielleicht hat Sala unrecht, und wir brauchen das Serum später noch.

Das Spiel beginnt. Sadullahs Kurohomura-Skin springt ohne Fallschirm aus dem Schlachtenbus. Das ist neu. Seine Füße sind durch ein Bungee-Jumping-Seil mit dem Bus verbunden. Erst jetzt fällt mir auf: Es ist ein Tandemsprung. Mein Toxischer Sprayer ist an seiner breiten Brust festgezurrt. Er stürzt sich kopfüber in die Tiefe und nimmt mich dabei mit. Seine Hand ist zu einer Faust geballt. Wie Superman hat er den Arm gerade über den Kopf ausgestreckt. Mir kommt es vor, als würden wir einen Kopfsprung vom Zehnmeterbrett machen. Mit der Faust wird Sadullah gleich eine Schneise in die Wasseroberfläche des Pools jagen und sämtliche Moleküle aufspalten. Einziger Schönheitsfehler: Unter uns ist kein Wasser, sondern dieses Schloss, das Creepy Castle! Schnell kommt es näher. Wir werden doch wohl nicht mit voller Wucht das Dach durchstoßen? Sadullah würde es die Faust zerschmet-

tern, und unsere erste gemeinsame Runde wäre mit Sicherheit zu Ende. Doch die gute Nachricht: Wir hängen noch an dem Bungee-Seil, das unseren Fall verlangsamt.

Wie in einem Buddy-Film, in dem sich Männer mit bloßen Händen prügeln, Stühle auf Köpfen zerschlagen, sich gegenseitig durch die Luft schleudern und auf Tischen landen, die dann unter ihnen zerbersten –, genauso leicht durchbrechen wir die Materie, das Dach von Creepy Castle. Und auch den darunterliegenden Dachboden. Wir landen eine Etage tiefer auf einem dicken, flauschigen Teppich. Sadullah kappt schnell das Bungee-Seil, damit wir nicht wieder in die Höhe zurückgegeschleudert werden. Etwas benommen schaue ich mich um. Wir befinden uns in einer Lounge mit Brokatsesseln und einem Kaminfeuer. In den Ecken stehen Ritterrüstungen. An den Wänden hängen Ölgemälde, wahrscheinlich Familienporträts mit altmodisch gekleideten Menschen. Wir sind mitten im Videospiel gelandet! Und zwar so richtig, nicht nur unsere Skins, sondern wir als Personen. Sadullah und ich befinden uns höchstselbst mit unseren eigenen menschlichen Körpern im neuen Fortnite-Schloss. Das war gar nicht so schwer. Als Becky noch Regie führte, mussten wir ein Lawineninferno überwinden. Dieser Einstieg ins Spiel war viel undramatischer. Sadullah bindet auch mich los und klopft sich Holzsplitter von seinem Kurohomura-Skin.

Prompt fällt mir Sondra wieder ein. »Sondra, bist du da?«, frage ich.

»Sie kann dich nicht hören«, erklärt Sadullah. »Weil du jetzt wieder im Game bist.«

Hm, diese Theorie entbehrt für mich jeder Logik. Aber gut.

Ich muss das so hinnehmen. »Können wir auch keinen Kontakt zu Sala und Becky aufnehmen?«, frage ich.

»Ich glaube nicht, solange wir im Haus sind. Draußen müsste das aber möglich sein.«

Einen Fernseher gibt es auch in diesem kuscheligen Salon. Wie in einem Hotel zeigt er ein Standbild mit der Aufschrift »Willkommen in Creepy Castle« – absurd! Sadullah nimmt den Controller, der auf dem Kaminsims liegt, und surft durch die Kanäle.

»Wir haben doch jetzt keine Zeit zum Zocken!«, rufe ich, obwohl ich es lustig finden würde – als Gamer in einem Videospiel ein Videospiel zu spielen. Das erinnert mich an diese bunten Matrjoschka-Puppen aus Holz, mit denen meine Schwester früher gespielt hat. Öffnet man eine Puppe, findet man darin eine kleinere Version dieser Puppe, in der wiederum eine noch kleinere steckt.

»Ja, warte«, murmelt er und bleibt auf dem AV-Kanal hängen. Vor uns läuft ein Film ab. Es entfaltet sich eine Unterwasserwelt. Bei den Bildern muss ich an ein Video denken, das ich von der gesunkenen Titanic gesehen habe. Die größte Schiffskatastrophe aller Zeiten. Tausendfünfhundert Tote. Das Wrack der Titanic liegt nun seit mehr als hundert Jahren auf dem Meeresboden im Nordatlantik. Forscher haben es geschafft, die Überreste in fast vier Kilometern Tiefe mit Hilfe von zwei ferngesteuerten Tauchrobotern zu filmen. Faszinierend, denn einiges ist noch richtig gut erhalten: Flaschen, Kochtöpfe, Koffer und Schuhe.

Ähnlich sind die Bilder auf dem Monitor. Eindrücke aus dem Innern eines Schiffswracks. Verrostete, von Algen be-

deckte Treppengeländer. Ausgefranste Gardinen an Bullaugen gleiten langsam vorbei. Kleine Flocken schwimmen im Wasser. Auch vereinzelt Knochen und in Tuch eingewickelte Wassermumien. Es ist gruselig. Das Schiffswrack knirscht. Lichter blitzen auf und verglühen. Ich schaue in das sorgenvolle Gesicht von Sadullahs Skin. Als ich wieder auf den Monitor blicke, sehe ich Harry ins Bild huschen und wieder verschwinden. HARRY??? Wie kommt der in dieses Unterwasserspektakel? Ich rufe laut nach ihm.

Eine kindliche Geisterstimme antwortet: »Stan?«

Ich sehe nur noch trübes Wasser, Flocken. »Harry!!!« Sadullah und ich rufen wie aus einem Mund.

Wieder blitzt ein Licht auf, und für Sekundenbruchteile sehe ich Harry ganz deutlich. »Harry, wo bist du?« Dann wird der Bildschirm ganz dunkel, und ich sehe nichts mehr. Ich bin völlig außer mir. Was ist mit den Jungs passiert?

Sadullah ist auch aufgeregt: »Sie müssen ganz nah sein. Das spüre ich. Ich muss sie holen.« Er will den plüschigen Salon verlassen und läuft zu der schweren Eisentür. Die öffnet sich in diesem Moment von allein. Ich erschrecke. Vor uns steht ein Greis in einer grauen, abgetragenen Livree, einer uniformartigen Kleidung, wie sie Diener in einem Hotel tragen. Ein mir völlig unbekannter Fortnite-Skin. Wir sind leider unbewaffnet, und ich rechne damit, dass uns der Alte gleich mit einem Hakenspieß ersticht oder mit einer Dänen-Axt niederstreckt, typischen Mittelalterwaffen. Sadullah und ich konnten noch keine Waffen farmen, haben nicht einmal Erntewerkzeug mitgebracht.

Aber der alte Mann kommt in friedlicher Absicht. Er

staunt über die Löcher, die wir in seine Decke und ins Dach gerissen haben. Freundlich begrüßt er uns, als wäre es das Normalste von der Welt, dass wir so bei ihm eingedrungen sind: »Guten Abend, die Herrschaften, und herzlich willkommen in meinem Schlosshotel. Wenn ich mich vorstellen darf: Ich bin Justus Freiherr von Sandburg. Aber nennen Sie mich bitte einfach Justus.«

»Sehr angenehm«, antwortet Sadullah und deutet eine Verbeugung an. »Ich bin der Maharajkumar von Vizianagram, ältester Sohn von Pusapati Ananda Gajapati Raju, des Maharajas von Vizianagram. Aber nennen Sie mich bitte einfach Sadullah.«

Ich schaue ihn überrascht an. Hat er sich das gerade ausgedacht, vielleicht um den Alten zu foppen? Oder ihn für uns einzunehmen? Sadullah, dem Psycho-Fuchs, traue ich eine solche Finte durchaus zu.

Dem Freiherrn klappt buchstäblich die Kinnlade herunter. Ihm ist natürlich sofort klar, dass er es mit voll krassen Familienverhältnissen zu tun hat, dem indischen Hochadel.

»Ich stamme aus dem Bundesstaat Andhra Pradesh an der Südostküste Indiens mit neunundvierzig Millionen Einwohnern«, erläutert Sadullah seine Herkunft. Das klingt alles sehr plausibel. Langsam bekomme ich Zweifel, ob die Geschichte nicht vielleicht doch wahr ist. Aber was macht er dann bitte schön hier? Bei Fortnite Geister jagen und gekidnappte Kinder befreien, statt Repräsentant eines Millionenvolks zu sein? Ist das überhaupt erlaubt?

»Es ist mir eine Ehre, Seine Königliche Hoheit in meinem bescheidenen Anwesen begrüßen zu dürfen«, schwärmt Jus-

tus und legt sich die Hand aufs Herz. »Wie lange gedenken Seine Königliche Hoheit zu bleiben? Darf ich Seiner Königlichen Hoheit die Imperator-Suite zeigen?«

»Später, mein lieber Justus. Dürfen wir uns zunächst allein in Ihrem herrlichen Schloss umsehen?«

»Ich ziehe mich zurück«, antwortet der Alte mit seiner Fistelstimme und schließt die Tür hinter sich.

»Warum hast du ihn nicht nach den Kindern gefragt?«, flüstere ich.

»Weil ich nicht glaube, dass er weiß, was in seinem Haus passiert. Vielleicht will er es auch gar nicht wissen. Hast du gesehen, wie er das Loch in der Decke einfach so hingenommen hat? Der will keinen Stress und bei Unregelmäßigkeiten möglichst nicht involviert werden. Diese Haltung ist den Deutschen natürlich völlig fremd, aber in England ist es ganz normal. Ich wette, der Freiherr hat eine feine, englische Schule besucht. Dort gilt ›stiff upper lip‹. Das steht für Selbstbeherrschung. Egal, was passiert, lass dir nichts anmerken. Diesen Ansatz hat er in seiner Kindheit inhaliert, und den hält er durch. Von der Wiege bis zur Bahre«, erklärt Sadullah.

Er versucht, sich zu konzentrieren, lässt den Raum auf sich wirken und atmet mit geschlossenen Augen tief durch. »Sie müssen ganz nah sein. Das spüre ich.« Wie ein ferngesteuertes Medium läuft Sadullah los und öffnet die Tür. Vor uns liegt eine Freitreppe. Er macht sich auf den Weg ins Erdgeschoss. Ich eile hinterher.

»Wir müssen den Dienstbotentrakt finden«, wispert er.

Wir finden eine Tür, die unter der Freitreppe eingelassen ist, und betreten einen dunklen, schmalen Gang. So gelangen wir in einen anderen Gebäudeteil, vielleicht in den Ostflügel. Auf der rechten Seite des Korridors gehen Türen ab. Sadullah stößt eine Tür auf, die sich knarrend öffnet. Unser Blick fällt auf einen kleinen, fensterlosen Raum mit zwei Betten.

»Hier haben früher die Dienstboten gewohnt«, erklärt Sadullah. »Sieht menschenunwürdig aus, ich weiß, aber die Leute waren froh, wenn sie bei einer Herrschaft angestellt waren und nicht in der Landwirtschaft arbeiten mussten. Oder später in einer Fabrik.«

Wir klappern alle Türen ab. Ein Zimmer sieht aus wie das andere. Na klar, als adelige Herrschaft hatte man viel Personal: einen Butler, einen Kammerdiener und Zofen, die beim An- und Auskleiden halfen, Putzkräfte, eine Gouvernante für die kleinen und einen Lehrer für die großen Kinder, eine Köchin, Küchenhilfen, einen Chauffeur. Da kommt einiges zusammen. Die haben hier alle gewohnt.

Am Ende des Gangs liegt eine große, schwere Tür, die einen Spaltbreit offen steht. Vorsichtig zieht Sadullah am Knauf, und die Tür schwingt mit einem Knarren auf. Sie gibt den Blick auf eine Kellertreppe frei. Na bitte. Dich haben wir gesucht. Langsam tasten wir uns die steile, feuchte Treppe hinunter, halten uns an der Wand fest, um nicht auszuglitschen. Von oben fallen immer wieder kleine Wassertropfen auf uns herab. Es ist nahezu stockfinster. Rechts und links hängt vereinzelt eine Glühlampe und spendet ein wenig Licht. Unsere Augen gewöhnen sich nur langsam an die Dunkelheit. Unten angekommen, wissen wir nicht, in welche Richtung wir laufen müssen. Wie aus weiter Entfernung hören wir Geisterstimmen, die schwer einzuordnen sind. Ein Kind weint.

Jemand scheint nach uns zu rufen, und es klopft. Oder ist das alles nur Einbildung?

Wir lauschen nach Geräuschen. Am liebsten würde ich nach den Jungs rufen, halte aber lieber den Mund. Es riecht modrig, was für so einen alten Keller bestimmt normal ist. Wir sind nicht allein. Irgendwelche Tierchen huschen uns um die Füße. Ich will gar nicht wissen, was es ist. Von den Decken hängen Spinnweben. Hoffentlich treffen wir nicht auf Särge, die sich von allein öffnen und den Blick auf Skelette freigeben. Wie in diesen Horrorfilmen, die ich so gar nicht schätze. Inzwischen bin ich auf alles vorbereitet.

»Hast du dein Mobiltelefon griffbereit?«, fragt mich Sadullah.

Ja, klar, der Toxische Sprayer hat immer sein Handy griffbereit. Um sein fertiges Graffiti zu fotografieren, versteht sich. Aber denkt Sadullah, dass wir hier unten Netz haben? Ich wurschtele mein Smartphone hervor.

»Mach die Taschenlampe an«, bittet er mich.

Ja, logisch. Recht hat er. Ich steuere die Taschenlampen-App an und leuchte die Umgebung ab. Ein langer, breiter Gang liegt vor uns. An den Wänden stehen noch mehr Ritterrüstungen und Puppen, die mit Kettenhemden bekleidet sind. Ihre toten Augen starren uns entgegen. Alle möglichen Waffen hängen an den Wänden: ein Morgenstern mit zackenbesetzten Metallkugeln, eine Doppelaxt, etliche Speere, Dolche, Degen, Säbel und Wappenschilde aus Metall und Holz. Kein Zweifel: Hier muss ein Waffenfreak am Werk sein.

Plötzlich ertönt ein lauter Rums, der noch ein wenig nachhallt. Das war die Kellertür, die zugeschlagen ist. Wir sind gefangen. Ich höre Schritte auf der Kellertreppe. Langsam kommen sie näher. Die Glühlampen an der Treppenwand übertragen den schwachen Schatten mehrerer Personen, die sich zu uns nach unten bewegen. Sadullah nimmt sich einen Säbel von der Wand und wirft mir einen Degen zu.

Als ich mich umdrehe, steht er vor mir: Justus Freiherr von Sandburg. Hinter ihm stehen zwei Zombiebräute, das sind diese untoten Mädchen, ganz in Grau mit Frankensteinnarben im Gesicht und einem angenähten Auge. Die Kleider hängen in Fetzen an ihnen herunter. Ihre Hände und Füße sind seltsam ausgefranst. An ihren Gürteln baumeln Messer. Ihre Bewegungen sind langsam und eckig.

»Blut-Svente! Messer-Jocke! Ergreift sie!«, kreischt der Alte. Eben war er noch ein harmloser Greis, der keinen Ärger machen will, und nun bedroht er uns mit diesen Kampfrobotern! Sadullah, der studierte Menschenerforscher, hat sich ganz gehörig in ihm getäuscht. Von wegen Justus möchte keinen Stress haben, geschweige denn wissen, was in seinem Schloss vor sich geht. Er ist einer, der vor nichts zurückschreckt. Das hätte Sadullah doch erkennen müssen, dass der Freiherr nur so TUT, als könne er kein Wässerchen trüben. Ungelenk laufen die Mädchen, denen er die Namen der beiden Piraten aus »Pippi in Taka-Tuka-Land« gegeben hat, auf uns zu. Ich muss mir das Lachen verkneifen. Hätte sich Justus doch bloß zwei durchtrainierte Geistersoldatinnen geleistet. Die hätten uns mit ihren Pumpguns sofort wegblastern können. Die Strategie der Zombiebräute scheint hingegen darauf abzuzielen, dass sich ihre Gegner über sie totlachen.

Doch dann kommt es ganz anders. Plötzlich sind die

Bräute im Kampfmodus. Eine geht mit dem Messer auf mich los. Wie in einem Martial-Arts-Film wedelt sie mir mit der Klinge gefährlich nahe vor der Nase herum. Erst weiche ich zurück, aber dann greife ich mit meinem Degen an. Ihr Messer saust nur wenige Millimeter an meiner Brust vorbei. Und dann an meinem Gesicht. Blitzschnell weiche ich aus und ducke mich weg. Sadullah ergeht es nicht besser. Im Gegenteil, sein Säbel ist zu behäbig. Er kann seine Gegnerin damit nicht bezwingen. Daher reißt er sich ebenfalls einen Degen von der Wand. Ein Stück Mauerwerk bröckelt ihm dabei entgegen.

»Seid vorsichtig. Ich will sie lebend«, geifert der Greis.

Kurz ist mein Mädchen unaufmerksam, und ich schlage ihm das Messer aus der Hand. Nicht sehr galant, ich weiß, aber ich muss auch sehen, wo ich bleibe. Nun greift sie mich mit Fäusten und Tritten an. Ich bin nur mäßig beeindruckt, denn wie bereits erwähnt: Das sind keine Füße und Hände, sondern ausgefranste Stummel. Ich werfe den Degen weg und drehe mich schnell um die eigene Achse. Dann springe ich in die Luft und treffe sie mit dem Knie ins Gesicht.

Das scheint sie allerdings nicht zu stören. Sie hält mein Bein fest, und ich falle auf den Rücken. Mit ihrer gruseligen Fratze beugt sie sich über mich und packt mich am Schlafittchen. Ich rieche ihren pestilenzartigen Atem. Sie würgt mich. Fast werde ich ohnmächtig, allerdings mehr von dem Gestank. Ich versuche, sie an der Stirn wegzudrücken. Dabei fällt eine meiner Sprühflaschen aus ihrer Halterung. Ich lange danach und schnipse mit dem Daumen die Kappe ab. Dann sprühe ich ihr eine volle Ladung Rosa ins Gesicht. So-

fort lässt sie von mir ab, wälzt sich auf die Seite und bleibt schwerröchelnd liegen. Kurz darauf löst sie sich in Luft auf. Fortnite eben.

Das war einfach. Ich springe auf die Füße und sehe mich nach der anderen Zombiebraut um. Sadullah hat alle Hände voll zu tun. Sie ist sehr geschickt mit dem Messer und hat seinen Kurohomura-Skin schon mehrfach erwischt. Ich greife nach ihren grauen Haarfransen und reiße sie zurück. In dem Moment fühle ich, wie der Alte mich von hinten anspringt. Gekonnt schüttele ich ihn ab, denn er ist leicht wie eine Feder. Mit einem Arm nehme ich ihn in den Schwitzkasten. Mit der anderen Hand sprühe ich der Zombietussi die Graffitifarbe ins angenähte Auge. Gleiche Reaktion wie bei ihrer Kollegin. Das gefällt mir.

Sadullah ist ganz schön außer Puste. Seine Muskeln sind zwar sehr dekorativ, aber letztlich kann er damit gar nicht so viel ausrichten. »Danke, Stan! Du bist ein Hero«, lobt er mich.

»Autsch, du tust mir weh, du Unhold!«, jammert der Alte.

Ich lasse ihn los. Er gurgelt und greift sich mit beiden Händen an die Kehle. Na, so schlimm war es nun auch nicht. Justus bückt sich nach einem Messer, das auf dem Boden liegt. Aber ich bin schneller und trete ihm auf die Hand.

Der Freiherr wimmert: »Das hab ich gar nicht so gemeint! Das ist ein Missverständnis!«

Eigentlich bin ich nicht der Typ, der erst zwei Frauenzimmer und dann einen Greis fertigmacht. Daher reiche ich ihm die Hand und helfe ihm hoch.

Sadullah findet ein Stück Schnur und fesselt ihm die

Hände auf dem Rücken. »Du sagst uns jetzt alles, was du weißt, Sandberg«, knurrt Sadullah. »Wo sind die Jungs?«

»Welche Jungs? Ich kenne keine Jungs, Königliche Hoheit.«

»Du lügst! Wir wissen, dass sie hier sind. Wir können dich festnehmen und so lange warten, bis du singst, alter Mann!«, droht der Kurohomura-Skin.

VIERZEHN

Wir haben den Freiherrn an einen der Brokatsessel gefesselt. Wir zwingen ihn, auf meinem Handy den YouTube-Stream anzusehen, bei dem die Jungs auf dem Friedhof vor seinem »Schlosshotel« in einem Grab versinken. Das Video hat nun schon mehr als hunderttausend Klicks, und die Abonnentenzahlen auf dem Kanal sind beträchtlich gewachsen. Viele Kids haben begeisterte Kommentare und Komplimente für das Video hinterlassen. Sie finden es durchweg fresh und lit und gucci.

Der Alte mag es gar nicht, aber er muss es sich immer wieder und immer wieder ansehen. Wir kennen keine Gnade. »Nein! Bitte nicht!«, flennt er. »Ich kann nicht mehr. Das ist Folter! Ihr verstoßt gegen Artikel fünf der Allgemeinen Erklärung der Menschenrechte!«

»Wir können das Verfahren abkürzen, wenn du geständig bist, Freiherrchen. Was hast du mit den Jungs gemacht?«

»Gar nichts. Ich kenne keine Jungs«, beteuert Justus erneut.

»Lass das Video noch mal von Anfang an laufen«, fordert Sadullah mich auf.

»Nein!!!«, schreit der Greis. »Das überlebe ich nicht. Bitte lasst mich gehen. Ich sage euch alles, ehrlich, keine Tricks. Ich schwöre!«

Sadullah gibt mir ein Zeichen, und ich stoppe das Video. Das Handy hat nur noch neun Prozent Batterie. Lange hät-

ten wir das ohnehin nicht mehr durchhalten können. Ich lockere die Fesseln.

»Ich werde ein umfassendes Geständnis ablegen«, versichert Justus.

»Okay, leg los. Warum hast du die Kids verschwinden lassen?«

»Warum? Ich habe nur noch Verachtung für diese Welt!«

Wir sehen uns fragend an. Was genau meint er damit?

»Dieses Internet macht alles kaputt, was ich geliebt habe. Die Zeitung, die ich immer gelesen habe, existiert nicht mehr. Statt ›Wickie und die starken Männer‹ schauen die Kinder nur noch YouTube.«

»Aber ›Wickie und die starken Männer‹ gibt's doch auch auf YouTube«, widerspreche ich. Da kenne ich mich aus.

Der Alte rollt mit den Augen: »Niemand redet mehr miteinander. Stattdessen tippen alle ständig auf ihren Geräten herum. Meine Urenkel begleiten mich nicht mehr zur Jagd in den Wald. Nein, lieber ballern sie in diesen dummen Videospielen herum!«

Ich bin verblüfft. Interessant, welche Gedanken den Alten umtreiben.

»Ich wollte, dass alles wieder wird wie früher«, fährt er fort. »Elegante Soireen. Ich im Frack und die Freiherrin von Sandberg im langen Abendkleid. Poloturniere und Jagdausflüge mit der königlichen Familie. Einladungen auf die Motorjacht der Fürstin von Ramba und Zamba. Das war schön! Und vor allem: Ich will die Glühlampen zurück, die die Europäische Union verboten hat!«

Ich merke, Justus verwechselt Ursache und Wirkung. Er

kann das Internet nicht für alles verantwortlich machen, das in seinem Leben nicht stimmt. Daher unterbreche ich ihn: »Es ist doch ganz normal, dass sich alles weiterentwickelt. Das liegt in der Natur des Menschen. Sonst würden wir immer noch in Höhlen leben und Beeren sammeln.«

Der Alte entgegnet: »Nein, das sehe ich anders. Die Dinge sind außer Kontrolle geraten. Jeder Trottel kann sein Zeug im Internet veröffentlichen. Hinzu kommen Online-Mobbing, illegaler Datenhandel, Identitätsklau, Betrug mit Geldanlageplattformen und so weiter. Die Liste ist lang. Ich habe nach einem radikalen Mittel gesucht, um die Menschheit aufzurütteln. Daher habe ich diese riesige Ansaugmaschine gebaut. Damit kann ich alles wegsaugen, was mir nicht passt. Erst die Videospieler, dann die Instagram-Influencerinnen. Ich werde euch allen einen Denkzettel verpassen.« Der Alte lacht gehässig. Er muss den Verstand verloren haben.

»Eine Ansaugmaschine? Wie funktioniert die?«, fragt Sadullah. »Es ist eine Weiterentwicklung der Teleportation. Kennt ihr sicher aus Star Trek. ›Beam me up, Scotty‹ – hat allerdings nie wirklich funktioniert. Mir ist es gelungen, diese Technik zu perfektionieren«, erklärt der Freiherr. »Ich kann Menschen in einen subatomar unverbundenen Materiestrom umwandeln. Einfach indem ich die Zielkoordinaten in das Transportersystem des Videospiels programmiere. Molekularbildscanner nehmen das Quantenmuster der Körper auf und strahlen die Information weiter an den Zielort im Videospiel, bei Fortnite, wo die Teilchen nach dem gespeicherten Muster wieder zusammengesetzt werden.«

Mir schwirrt der Kopf. Auch Sadullah sieht durcheinan-

der aus. Das Verschwinden der Neffen hat also gar nichts mit parapsychologischen Phänomenen zu tun, sondern ist ganz einfach Naturwissenschaft. Physik, um genau zu sein.

»Nach welchen Kriterien hast du deine Opfer ausgesucht?«, frage ich.

»Ach, völlig wahllos. Erst habe ich diesen Tommy Glitter eingesaugt. Er und seine beiden Freunde waren leichte Beute. Diese Dumpfbacken. Aber leider hat das nicht zum gewünschten Ergebnis geführt. Niemand hat davon erfahren. YouTube hat einfach behauptet, sie hätten sich am Kilimandscharo verirrt und seien in eine Gletscherspalte gefallen. Alles Humbug. Die waren komfortabel in meinem Schlosshotel untergebracht, haben sich bedienen lassen und rumgenervt, wollten einen eigenen Koch und so. Die waren um ihre Fitness besorgt, weil sie bei Fortnite angeblich bis zu dreihundertfünfzig Entscheidungen pro Minute fällen müssen. Irgendwann ist mir der Kragen geplatzt, und ich habe sie in den Keller gesperrt. Wo sie hingehören. Angekettet und auf Stroh. So haben wir's schon früher mit solchen Kerlen gemacht.«

»Und wie bist du auf meine Neffen gekommen?«

»Reiner Zufall. Ich dachte, wenn sogar Kinder verschwinden, ist das ein Dammbruch!«

Ein Technikfreak, der die Technik, die nicht er selbst erfunden hat, ablehnt. Skurriler geht's nicht. »Justus, du kannst uns doch nicht vorschreiben, wie wir leben sollen und welche Erfindungen gut oder schlecht sind. Das müssen wir doch gemeinsam entscheiden – als Gesellschaft. Das ist eine Herausforderung, die uns alle betrifft«, meine ich.

Der Freiherr macht ein verkniffenes Gesicht. Das will er gar nicht hören.

»Und Sondra?«, fragt Sadullah. »Die hast du auch eingesperrt?«

Justus nickt bockig.

»Wo sind die jetzt? Im Keller?«

Sandberg schweigt. Dann näselt er: »Das ist mein Führungsanspruch als Adliger, Verantwortung zu übernehmen. Wie die Generationen vor mir. Ich bin sehr enttäuscht von Seiner Königlichen Hoheit –, und ich sage jetzt nichts mehr ohne meinen Anwalt.«

Ich zurre Sandbergs Fesseln wieder fester und stopfe ihm eine Stoffserviette in den Mund. Wir müssen jetzt in den Keller. Dort hat der Freiherr Tommy eingesperrt, das hat er zugegeben, und die anderen werden hoffentlich auch dort sein. Viel zu lange haben wir Tommy und seine Kumpels für die Drahtzieher gehalten. Dabei sind sie unschuldige Opfer wie meine Jungs und Sondra. Der Schlossherr hingegen, der erst so vertrauenerweckend und höflich daherkam, ist der eigentliche Oberschurke und Mastermind eines teuflischen Plans. Sadullah bedient sich noch beim Kaminbesteck und nimmt einen Schürhaken mit. Falls wir die Tür aufbrechen müssen. Ich hole mir ein brennendes Holzscheit aus dem Kaminfeuer. Unterhalb der Kellertreppe gibt es kein Licht, erinnere ich mich, und mein Smartphone ist fast leer. Routiniert laufen wir die Freitreppe hinunter. Wir kennen uns inzwischen bestens aus in Creepy Castle.

Alles geht reibungslos. Als wir im Keller angekommen sind, verharren wir kurz und lauschen. Doch es ist nichts zu hören.

Ich halte das brennende Holzscheit hoch. Das Feuer flackert gespenstisch, aber seit ich weiß, dass wir nicht mit Geistern rechnen müssen, grusele ich mich viel weniger. Langsam gehen wir an den Ritterrüstungen und den Waffen an der Wand vorbei. Am Ende des Gangs befindet sich eine Tür mit einem Eisenring daran. Ich ziehe an dem Ring, aber die Tür ist wie erwartet verschlossen. Sadullah setzt den Schürhaken an und versucht, die Tür aufzustemmen. Der Schürhaken verbiegt sich und bricht ab. Auch der Kuhfuß, den ich als Rückenaccessoire mit mir führe, versagt. Ich schaue mir die Waffen an, die an der Kellerwand hängen, und entscheide mich für eine Axt. Damit kenne ich mich aus. Ich schlage mit der Axt auf die Tür ein. Das macht einen Riesenkrach.

Von innen hören wir entsetzte Schreie. Das müssen die Kinder sein. »Keine Angst! Ich bin's nur, Stan!«, brülle ich.

Eigentlich hätte die Tür längst auffliegen müssen, denn wir sind doch im Fortnite-Spiel. Aber in Creepy Castle herrschen wohl andere Regeln. Ich hacke einen kleinen Spalt in die Tür und spähe hindurch.

Was ich da sehe? Einen Büroraum wie den von meinem Kollegen HandOfBlood in Berlin-Spandau – fensterlos zwar, aber hell erleuchtet, trendige Backsteinwände, loftartige, hohe Decken und moderne Schreibtische mit Computern. Wir müssen mitten in eine LAN-Party geplatzt sein. Auf den Bildschirmen sehe ich, dass jemand gerade noch Fortnite gespielt hat. Viel zu essen gab es auch. Das kann ich an den Resten auf den Tellern erkennen: Rindsbraten mit Röstkartoffeln und Yorkshire Pudding, Lammfilet mit Minzsoße, Salat mit Cheddar-Käse und eingelegten Gewürzgurken, Mürbeteig-

gebäck mit Blauschimmelkäse. Traditionelle britische Küche aus den 1950er Jahren mit einem Touch französischer Raffinesse, wie es Winston Churchill liebte. Sicherlich auch das Lieblingsessen des Freiherrn. Ein richtig schlechter Mensch kann Justus nicht sein, wenn er seine Geiseln so gut versorgt.

Sadullah gibt mir ein Zeichen, und ich weiche zurück. Mit einem Axthieb schlägt er eine Lücke in die Holztür. Wir schlüpfen durch den Spalt und stehen nun in dem Gaming-Raum.

Unter einem der Schreibtische bemerke ich eine Bewegung. Eine Zipfelmütze lugt hervor.

»Stan? Bist du das?« Dann stürmen sie in meine Arme. Die wuscheligen Funk Ops-Haare kratzen mir im Gesicht, Fishstick schlingt mir die Wobbelärmchen um die Hüfte. Grimbles klettert an ihm hoch und hängt sich mir an den Hals. Und plötzlich ist da auch Sondras Doggo-Skin, der schnauft und mich umarmt.

Überraschend kriechen drei weitere Gestalten unter den Tischen hervor. Einer trägt einen coolen Sterling-Skin, der andere ist als Nitehare unterwegs und der dritte als Firewalker. Sie begrüßen Sadullah mit einem freundschaftlichen Handschlag.

»Ich bin Tommy Glitter«, stellt sich der Sterling-Skin vor, »und das sind meine Kollegen Joey und Humphrey.«

Lenny platzt sofort mit seiner Neuigkeit heraus: »Hast du gesehen? Unser Stream hat schon über fünfhunderttausend Klicks!«

Ich muss lachen. Kein »Dankeschön, dass du uns befreit hast«, nix.

»Echt klasse, dass du gekommen bist, Stan«, sagt hingegen Levi. »Wir müssen unbedingt zusammen eine Runde hier im Keller zocken. Diese Geräte haben einen Wahnsinns-Ping.«

Ich bin froh, dass es allen gut geht. Allerdings müssen wir nun unbedingt los. Keine Ahnung, was noch alles auf uns wartet. Wer eine Maschine entwickelt, um Spieler ins Videogame zu saugen, hat sicherlich noch andere Finessen auf Lager.

»Leider müssen wir jetzt gehen«, sage ich.

Harry schüttelt den Kopf: »Wir können nicht.«

»Doch!«, antworte ich. »Wir müssen jetzt sofort los.«

»Er wird uns nie gehen lassen, hat er gesagt!«

Wortlos gebe ich Sondra ihre South-Faith-Tasche zurück und nehme die Zwillinge an die Hand. Gemeinsam schlüpfen wir durch das Loch in der Tür. Lenny, Sondra und auch Sadullah, Tommy und seine beiden Freunde folgen uns. Im Kellergang ist es wieder ganz dunkel. Das brennende Holzscheit aus dem Kamin ist erloschen. Uns weht ein kalter Hauch entgegen. Die Ritterrüstungen scheinen uns zuzuflüstern: Beeilt euch! Oder geht meine Phantasie mit mir durch?

Ich schiebe die Jungs vor mir her die Kellertreppe hoch. Im Erdgeschoss angekommen, stelle ich fest, dass es inzwischen Nacht geworden ist. Ich drehe mich zu den anderen um und zähle durch. Noch sind alle da. Ihre Gesichter sind angespannt. Nichts wie raus. Wir beschleunigen unsere Schritte. Ich zerre die Kinder hinter mir her.

Als wir in die Eingangshalle gelangen, schweift mein Blick zur Freitreppe und weiter hoch zur Lounge, in der wir den Alten zurückgelassen haben. Die Tür zum Kaminzimmer steht einen Spalt offen. Von drinnen schallt leise Musik zu uns herunter, Schlagermusik – um genau zu sein. Ein Refrain von Andrea Berg dringt an mein Ohr: »Du hast mich tausendmal belogen«. Darüber hinaus erkenne ich Licht im Innern des Raums. Das brannte vorher noch nicht. Ich habe eine schlimme Vorahnung. Justus muss sich befreit haben. Was hat er nun vor? Ich schaue nach Sadullah. Auch er sieht besorgt aus. Schnell laufe ich zur Eingangstür und öffne sie.

Die Tür schwingt auf, und meine schlimmsten Befürchtungen werden wahr. Auf dem Schlossplatz warten Dutzende von Ghoul Troopern, Ravens, Tech-Ops-Skins und Demogorgonen. Sie sind schwer bewaffnet und glotzen uns mit ihren toten Augen an.

Der Freiherr steht inmitten der Menge und gibt den Demogorgonen ein Handzeichen. Daraufhin rollen sie ein Gerät herbei, das wie ein gigantisches Grammophon aussieht. Das ist ein alter Plattenspieler mit Holzgehäuse und Kurbel an der Seite. Nach oben ragt ein riesiger Trichter empor, der Musik übertragen kann. Das war vor eurer Zeit, ich weiß. Was hat der Alte vor? Will er uns mit seinen alten Schellackplatten beschallen? Und uns so lange mit seinen Schlagern quälen, bis wir freiwillig ins Schloss zurückflüchten?

»Ich hab euch doch gesagt, dass ich euch nicht gehen lasse. Es ist noch nicht zu Ende!«, ruft uns Justus zu. »Das ist übrigens meine Ansaugmaschine. Wenn ihr wollt, zeige ich euch gern, wie sie funktioniert. Irgendwelche Wünsche, wen ich als Nächstes einsaugen soll? Vielleicht Frau Doktor Becky Nefedor? Oder den Kollegen Salahuddin Kumar?«

Ich sehe das Entsetzen in Sondras Augen. Auch Sadullah

ist überrascht. Der Alte hat seine Hausaufgaben gemacht. Er weiß alles über uns. Wir hingegen wissen fast nichts über ihn.

In dem Moment bricht die schwarzlila Wolkendecke auf, und ein helles Licht leuchtet zu uns herab. »Das könnte dir so passen«, höre ich Beckys Stimme rufen. »Wir holen euch jetzt raus!«

Ich spüre, wie mich ein Sog nach oben zieht. Aber sogleich wirft Justus seine Ansaugmaschine, das gigantische Grammophon, an, und es geht wieder nach unten.

»Ich höre gerade, Sala sagt, wir müssen diesmal den Magneten verwenden«, ruft Becky. Ich habe den Eindruck, dass mein Skin schrumpft und ich mich in glattes, weiches Metall verwandele, das wie von einem Magnet nach oben gezogen wird. Ich schaue nach den Kindern und sehe, wie auch sie sich verwandeln und nach oben schweben.

Doch damit hat der Freiherr anscheinend gerechnet. Er schickt seine Skin-Armee los. Die Zombies kommen und greifen nach uns. Aber wir flutschen ihnen aus den Händen. Bis auf Tommy Glitter und seine Freunde. Die packen sie und halten sie fest.

»Niemals entkommt ihr mir!«, zetert der Alte und dreht an der Kurbel seines Grammophons, verstärkt die Saugkraft seiner Maschine. Diesmal gibt er alles. Der Vorgang geht mit einer heftigen Schlagermusik einher. Das muss Justus' Lieblingssong sein, ein Duett von Roland Kaiser und Helene Fischer.

Ich möchte mir die Ohren zuhalten, fühle mich wie betäubt. Außerdem merke ich, wie stark das Ansauggerät ist. Wir bewegen uns schon wieder nach unten. Creepy Castle kommt immer näher. Ich bin verzweifelt. So geht es also mit uns zu Ende. Die Jungs jammern und weinen. Sondra klappert mit den Zähnen. Sadullah versucht, gegen die mächtige Kraft anzukämpfen.

»Becky, tu doch was!«, flehe ich das helle Licht am Himmel an. Die magnetische Anziehungskraft wird stärker. Unten saugt es, oben zieht es. Wir sind zwischen diesen beiden Kräften hin- und hergerissen und drohen, in der Mitte zu zerreißen. Doch dann siegt der Magnet, und mit einem kleinen Ruck entziehen wir uns der Grammophonkraft.

Kurz darauf schweben wir sehr hoch oben am Himmel und blicken zurück auf die gesamte Fortnite-Map, die von Wasser und Himmel umgeben ist. Ich komme mir vor wie ein Astronaut, der vom Weltall aus auf die Erde blickt. Eine helle Lichtglocke hat sich über die Gegend gestülpt, in der ich Creepy Castle vermute. Unter dieser Glocke blitzt es. Plötzlich saust aus dem Weltall ein Feuerball mit Kometenschweif auf das Licht nieder. Mit einem krachenden Geräusch bricht der Feuerball in die Lichtglocke ein. Das Licht breitet sich aus, und alles um uns herum wird weiß. Dann erlischt das Licht, und es wird dunkel. In der Mitte ist ein weißes Loch, in dem die gesamte Fortnite-Map und tausend Sterne verschwinden. Die Musik wird immer leiser, und alles um uns herum wird schwarz. Wir sind von einem großen Nichts umgeben.

Das ist die wahre Geschichte um das große Spektakel am Ende von Chapter 1, das Schwarze Loch, auch als Fortnite-Blackout bekannt. Becky ist an allem schuld. Sie hat das Spiel zerstört, um uns zu retten. Die Programmierer von

Epic Games brauchten achtunddreißig Stunden, um die Karte wiederherzustellen. Danach war nichts mehr wie zuvor. Einige von euch waren begeistert, andere fanden die neue Map wahrscheinlich etwas zu basic. Aber ich will der Reihe nach erzählen.

FÜNFZEHN

Das Nächste, woran ich mich erinnere, ist Salas Gesicht direkt vor meiner Nase. Er sieht völlig fassungslos aus. »Ach du …, nee, das ist jetzt nicht wahr!«, höre ich ihn stammeln.

Ich schaue mich um und ahne. Irgendetwas stimmt ganz und gar nicht. Wir sitzen auf meinem Keyboard in meinem Gaming-Raum, und alles könnte perfekt sein, wenn nicht … ja, wenn wir nicht so verdammt klein wären. Wir passen auf die einzelnen Buchstaben auf meiner Tastatur. Ich sitze in der Mitte auf dem Z. Neben mir sitzen Lenny auf dem U und Harry auf dem T. Über mir sitzt Sondra auf der 7 und Sadullah unter mir auf dem G. Wir sind in etwa so groß wie Legofiguren! Aber immerhin tragen wir nicht mehr unsere Fortnite-Skins und haben unser altes Aussehen zurück.

»Was machen wir denn jetzt?«, höre ich Becky fragen. Sie und Sala sind normal groß, aus unserer Perspektive sind sie Riesen. Becky ist ratlos.

»Lass mich nachdenken …«, antwortet Sala und kratzt sich am Kopf.

Ich schaue mich um und bekomme eine ganz neue Sicht auf meinen Gaming-Schreibtisch. Mein Keyboard kam mir eigentlich immer sehr flach und elegant vor. Aber um davon hinunterzugelangen, müsste ich gefühlt zwei Meter in die Tiefe springen. Der Stift, der neben meinem Keyboard liegt, hat für mich die Länge eines Fahnenmastes. Das Wasserglas und die Kaffeetasse sind so hoch wie mehrstöckige Mietshäuser. Und die Wasserflasche ragt wie ein Fernsehturm in die Höhe.

Die Jungs werden unruhig. »Was ist denn bloß los? Warum sind wir so klein?«, fragt Harry. Ausgerechnet er, der es eigentlich gewöhnt sein müsste, kleiner als andere zu sein.

»Bleiben wir jetzt für immer so?«, erkundigt sich Lenny besorgt. Levi hüpft spielerisch von einem Buchstaben zum nächsten. Er hat als Einziger Spaß.

Sondra schlägt die Hände vors Gesicht. »Wie soll ich denn so meine YouTube-Videos machen?«, ruft sie verzweifelt.

Sadullah redet beruhigend auf sie ein: »Immer cool bleiben. Sala fällt bestimmt gleich etwas ein.«

Alle Augen richten sich hoffnungsvoll auf Sala. Der hat aber auf die Schnelle auch keinen Geistesblitz und überschüttet Becky mit Vorwürfen. »Deinen Job bist du los«, schimpft er. »Vielleicht können sie dich noch in der Poststelle einsetzen. Da kannst du wenigstens nicht so viel Schaden anrichten.«

»Aber das konnte ich doch nicht wissen«, entschuldigt sich Becky. »Ich hab das doch zum ersten Mal gemacht. Du hast gesagt, ich soll den Magnet nehmen.«

Sala meckert herum, dass Becky Fortnite kaputt gemacht hat und sie jetzt mit einer Millionenklage von Epic Games rechnen kann. Dann kommen noch die Schadensersatzansprüche der professionellen Fortnite-YouTuber hinzu, die ihrer Arbeit nun nicht mehr nachgehen können. Nicht zu

vergessen, die Familien des Freiherrn UND von Tommy Glitter UND seinen Freunden – die werden sich auch bei uns beschweren. Nachdem ihre Lieben auf Nimmerwiedersehen im Videospiel-Nirwana verschwunden sind. Sala ist so ungerecht und selbstgefällig. Dabei haben Sadullah und er sich auch in so vieler Hinsicht getäuscht. Sie dachten, sie würden den Geist von Tommy Glitter bekämpfen, der aber in Wahrheit in der gleichen Not war wie die Neffen und selbst Hilfe brauchte. Sie waren davon ausgegangen, dass Justus nur ein komischer Kauz und zu vernachlässigen wäre. Bis sie viel zu spät erkannten, dass der Alte der eigentliche Übeltäter war. Das alles sage ich Sala auch so auf den Kopf zu.

Trotzdem wütet er weiter so lange, bis Becky in Tränen ausbricht. »Es tut mir alles so leid!« Sie hält Sondra die offene Handfläche hin. Die klettert mühsam darauf.

»Du musst jetzt für uns sorgen, Becky, das ist dir hoffentlich klar, oder?«, klagt Sondra.

»Ihr seid viel zu negativ«, schnieft Becky. »Immerhin habe ich es geschafft, euch zu retten. Ist das euer Dank dafür?«

Sondra setzt sich auf Beckys Handfläche und holt aus ihrer South-Faith-Tasche einen Spiegel heraus. »Wenn ich schon so klein bin, möchte ich wenigstens gut aussehen.« Sie zieht mit einem Lippenstift ihre Lippen nach, pudert sich ausgiebig die Nase und kämmt ihre Haare. Wir schauen fasziniert zu.

»Die Tasche!«, fällt Becky plötzlich ein. Was ist mit der Tasche? »Das Serum! Hast du das noch?«, fragt Becky.

Sondra weiß zwar nicht, wovon Becky redet und wozu das Serum gut sein soll, aber sie schaut in ihre Bodybag. Tatsächlich sind dort noch die fünf Ampullen, die sie in Verwahrung genommen hat.

»Ich habe euch doch erklärt, warum das so gut gegen Geister hilft!« Becky ist ganz aufgeregt. Sala schaut sie verständnislos an, checkt nichts. »Das ist dieser Flaschengeisteffekt wie bei ›Aladin und die Wunderlampe‹. Das Serum macht euch wieder groß. So wie Dschinn, der Flaschengeist, werdet ihr groß, wenn ihr das trinkt.«

Ich fasse mir an den Kopf. Das ist wieder so eine Becky-Theorie. Ich erinnere mich noch, wie sie davon schwadronierte, dass das Serum ganz neu sei – und bisher nur an Tieren ausprobiert wurde. Ja, bei Schweinen hat es gewirkt, bei Affen aber nicht. Wie auch immer. Versuchen wir es einfach.

Sondra steigt von Beckys Hand herunter und verteilt die Ampullen. Es sind leider nur fünf. Sadullah geht leer aus. Er trägt es mit Fassung, glaubt sowieso nicht an Beckys Idee. Wer traut sich als Erstes?

»Wartet«, ruft Becky, nimmt Sondra sanft zwischen ihre Fingerkuppen und setzt sie auf einen der Gamer-Stühle. »Wenn du plötzlich groß wirst, zerdrückst du sonst die anderen. Ist doch klar.« Becky hat nun wieder Oberwasser und sendet Sala ihren gefürchteten Denk-doch-mal-nach-Blick.

Lolek und Bolek haben ihr Frauchen gewittert. Fiepend und schwanzwedelnd springen sie an dem Stuhl hoch, auf dem Sondra in Miniaturversion sitzt. Sala greift die beiden Hündchen und nimmt sie auf den Schoß.

Wundersame Dinge passieren. Was soll ich euch sagen? Sondra trinkt das Zeug, und – wusch – ist sie wieder so groß wie immer. Nur ihre exklusive Tasche hat die Transformation nicht mitgemacht. Sie ist ihr einfach vom Körper geplatzt und liegt winzig klein unter dem Gaming-Stuhl. »Macht nichts«, sagt Sondra. »Die hat mir sowieso nicht so gut gefallen.« Lolek und Bolek flippen schier aus vor Freude, als Sondra sie in die Arme schließt. Die Blase von Lolek – oder Bolek, so genau kann ich das nicht sagen – hält dem Druck leider nicht stand. Sondra riecht nun etwas streng nach Hundepipi. Vermutlich hätten wir die beiden mal rauslassen müssen, aber das haben wir völlig vergessen. Es war einfach zu viel los.

Die Rückverwandlung von uns anderen geht überraschend reibungslos. Erst die Jungs, dann ich – und Sadullah bekommt eine Dusche. Becky zieht eine Ampulle in Originalgröße aus ihrer Bauchtasche, die für ihn viel zu groß ist, um daraus zu trinken. Daher übergießt sie ihn mit dem Serum. Er macht dabei den Mund auf und lehnt den Kopf nach hinten. Danach ist er klitschnass. Die teure Anzughose von Augusto Caraceni kann er nun vergessen. Die rettet auch keine chemische Reinigung mehr. Wie gut, dass er den Blazer noch vor unserem Abenteuer ausgezogen hat. Sonst wäre der auch ruiniert.

LETZTES KAPITEL

Leberwurst in Aspik und ich sind in der Quizshow von Mirabello Schulz. Fernsehen hat zwar nicht mehr den gleichen Stellenwert wie früher, aber trotzdem sind wir ganz schön aufgeregt. Schließlich ist das eine Livesendung. Wie beim Twitch-Streamen kann man keinen dummen Spruch zurücknehmen. Wir müssen uns zusammenreißen und uns nur mit höchster Konzentration äußern.

Mirabello empfängt uns mit einem extra-warmen Lächeln. Er ist ganz der geborene Strahlemann, schon ewig im Showgeschäft, dabei sieht man ihm sein Alter überhaupt nicht an. Keine Falte, kein graues Haar, körperlich tippi-toppi. Wie macht er das bloß? Wahrscheinlich keine Pizza, mehr Gemüse und tägliches Work-out im Sportstudio. Um die Augen sieht er etwas unnatürlich aus. Ich glaube, er hat sich die Augenlider straffen lassen. Mirabello ist natürlich auch nur ein Künstlername. In Wahrheit heißt er Holger. Oder Volker? Egal.

Sondra darf ihre Hündchen Lolek und Bolek vorstellen. Die tolle Tasche von South Faith ist natürlich auch dabei. Natürlich nicht die, die sie bei Fortnite dabeihatte. Die Leute von South Faith haben ihr prompt eine neue geschickt, nachdem sie mitbekamen, dass Sondra ihre verloren hatte. Die Kamera zoomt ganz nah auf das Logo der neuen Tasche. Der Sender muss das machen, denn sie haben einen Sponsoringvertrag mit South Faith. Ein Bildschirm über unseren Köpfen führt das Saalpublikum näher an die Szene heran.

»Nun erzählt doch mal, ihr beiden, wie habt ihr euch denn kennengelernt?«, fragt Mirabello jovial und schenkt Sondra ein gewinnendes Lächeln.

Sie schmiegt das Gesicht an Loleks haariges Köpfchen und haucht mit ihrer dunklen Stimme: »Eigentlich fing alles mit dem Fernsehbericht an, den Stan über mich produzieren wollte.«

Mirabello nickt ihr zu und zwinkert dann in die Kamera: »Genau! Alles fing mit dem Fernsehbericht an – und den wollen wir unserem Publikum und den Zuschauern zu Hause an den Bildschirmen nicht vorenthalten!« Er schnipst der Studioregie zu. Ein Zeichen, den Einspielfilm zu starten.

Mirabello spricht wie die routinierten Showmaster Ende der 1980er Jahre. Daran merkt jeder, wie lange er den Job schon macht. Der Fernsehbeitrag, den ich über Sondra erstellt habe, beginnt. Im Zuschauerraum wird es ganz leise. Fast kann ich den Staub von den Studioleuchten rieseln hören. Alle schauen gebannt auf den Bildschirm.

Den Einstieg bildet natürlich eine Szene aus einem frühen YouTube-Video von Leberwurst in Aspik, gefolgt von einer Collage, die mit Sondras Lieblingsmusik unterlegt ist. »Rhythm Is a Dancer« von Snap! aus dem Jahr 1992. Das ist so lange her. Da war Sondra noch im Kindergartenalter und ist mit Strumpfhosen ins Bällebad gehopst. Schätze ich mal. Der Zusammenschnitt enthält auch neuere Bilder: Sondra als zugeschaltete Expertin bei der Fortnite-WM, Sondra als Gastmoderatorin bei den Golden Globes Awards, Sondra in der Jury von Germany's Next Topmodel, Sondra beim Zumba im Tanzstudio, Sondra beim Gassigehen mit Lolek und Bolek.

Dabei erzählt sie viel über sich: über die Herz-OP, die ihr als Kind das Leben gerettet hat, über die feste Zahnspange, die sie bis vor kurzem noch tragen musste, über ihr hervorragendes Abitur, das ihr nur so zugefallen ist, über ihren Ferienjob in einem veganen Bistro und wie sie zeitgleich mit YouTube angefangen hat. Auch darüber, wie sie auf ihren YouTuber-Namen gekommen ist. Als Kleinkind wollte Sondra immer nur Leberwurst essen – ohne Brot und morgens, mittags, abends. Später, als sie einen Spielernamen suchte, den garantiert sonst niemand benutzte und der nicht auf ein Mädchen hinwies, fiel ihr ihre Leberwurstsucht wieder ein. So kam sie auf Leberwurst in Aspik.

Leider hat ein Redakteur vom Fernsehen meinen witzigen Kommentartext komplett umgeschrieben und eigene, ziemlich schmalzige Worte gewählt. Dafür hat er sich vor der Sendung bei mir entschuldigt. Angeblich würden die Zuschauer oft beim Intendanten anrufen und sich beschweren, wenn sie zu viel Jugendsprache und englische Begriffe verwendeten. Er müsse aufpassen, denn sein Vertrag sei nur befristet, und er würde alle halbe Jahre um eine Verlängerung bangen.

Was für schlimme Arbeitsbedingungen, denke ich und

ermutige ihn: »Warum machst du nicht auch einfach einen YouTube-Kanal? Mit deinen Fähigkeiten! Dann bist du dein eigener Herr!«

Er lacht etwas gekünstelt.

Als der Beitrag endet, geht das Studiolicht wieder an. Das Saalpublikum ist außer Rand und Band. Sie applaudieren und trampeln mit den Füßen. Sondra lächelt milde, winkt in die Kamera und wirft Kusshände. Sicher kleben Millionen YouTube-Abonnenten und ihre Eltern zu Hause an den Bildschirmen. Das verspricht eine ganz ordentliche Einschaltquote.

Ich entdecke Kevin Pelvis-Schuster, der lässig am Notausgang lehnt. Was für eine Überraschung! Wie war das? Der »abgetakelte Gaming-Vollpfosten«, der Sondra eine »egoistische Bitch« genannt hat. Anscheinend hat Sondra ihn eingeladen. Sonst wäre er wohl nicht hier. Es scheint sich wieder etwas anzubahnen. Eine Versöhnung. Wie er Sondra anhimmelt! Er strahlt übers ganze Gesicht. Und er sieht verdammt gut aus. Das muss ich ihm lassen.

Becky, mein Bruder Greg und meine Schwester Kati sind auch gekommen. Sie sitzen ganz vorn. Becky ist übrigens nicht verklagt worden, weil sie das Spiel kaputt gemacht hat, wie Sala es angedroht hat. Im Gegenteil. Epic und die YouTuber waren ihr sogar dankbar, denn ein Neuanfang bei Fortnite war überfällig. Sie muss auch nicht in der Poststelle arbeiten, sondern hat sogar eine Beförderung bekommen. Becky ist nun Chefin in der Abteilung für Paranormalität in Videogames bei der Kripo für ganz Nordrhein-Westfalen. Was für ein Aufstieg! Ihr erster großer Fall: den Freiherrn, Tommy Glitter, Joey und Humphrey aus dem Fortnite-Nirwana zurückholen. Das könnte eine Lebensaufgabe werden.

Hinter Becky, Greg und Kati lümmeln Lenny, Levi und Harry in der zweiten Reihe. Die Neffen reden miteinander und halten sich dabei die Hand vor den Mund. Wohl damit ihnen niemand das Geläster von den Lippen ablesen kann. Als wären sie Fußballprofis in der Halbzeitpause und alle Kameras auf sie gerichtet. Ich sende ihnen heimlich einen angedeuteten Daumen hoch. Alles ist gut.